Correspondência de
Abelardo e Heloísa

Correspondência de Abelardo e Heloísa

Texto apresentado por Paul Zumthor

Tradução de Lúcia Santana Martins

Martins Fontes
São Paulo 2002

Título original: ABÉLARD ET HÉLOÏSE – CORRESPONDANCE.
Copyright © Union Générale d'Éditions, 1979.
Copyright © 1989, Livraria Martins Fontes Editora Ltda.,
São Paulo, para a presente edição.

1ª edição
novembro de 1989
2ª edição
dezembro de 2000
2ª tiragem
dezembro de 2002

Tradução
LÚCIA SANTANA MARTINS

Preparação do original
Pier Luigi Cabra
Revisão gráfica
Iraci Miykishe
Eliane Lourenço da Silva Carvalho
Produção gráfica
Geraldo Alves

Dados Internacionais de Catalogação na Publicação (CIP)
(Câmara Brasileira do Livro, SP, Brasil)

Correspondência de Abelardo e Heloísa / texto apresentado por Paul Zumthor ; [tradução Lúcia Santana Martins]. – 2ª ed. – São Paulo : Martins Fontes, 2000. – (Gandhara)

Título original: Abélard et Héloïse : correspondance.
Bibliografia.
ISBN 85-336-1355-5

1. Abelardo, 1079-1142 – Correspondência 2. Heloísa, 1101-1164 – Correspondência 3. Cartas de amor 4. Amor cortês I. Zumthor, Paul II. Série.

00-4968	CDD-808.8693543

Índices para catálogo sistemático:
1. Cartas de amor : Coletâneas : Literatura   808.8693543

Todos os direitos desta edição para o Brasil reservados à
Livraria Martins Fontes Editora Ltda.
Rua Conselheiro Ramalho, 330/340 01325-000 São Paulo SP Brasil
Tel. (11) 3241.3677 Fax (11) 3105.6867
e-mail: info@martinsfontes.com.br http://www.martinsfontes.com.br

Índice

Prefácio	1
De Abelardo a um amigo	29
De Heloísa a Abelardo	89
De Abelardo a Heloísa	101
De Heloísa a Abelardo	111
De Abelardo a Heloísa	125
Bibliografia	153

Prefácio

Abelardo e Heloísa

> *Onde está a sábia Heloísa*
> *Por quem foi castrado, e depois monge*
> *Pierre Abelardo em Saint-Denys...?*

Em linhas gerais, a história é conhecida de todos: os versos de Villon, à falta de outro documento, estão em todas as memórias. Reduzida, como o é freqüentemente, à anedota, confina com o burlesco, senão com o libertino. O que nos é contado nos textos que aqui apresento ultrapassa, por sua ambigüidade, qualquer classificação: *tragédia* (no sentido medieval do termo: ação com final infeliz), mas também *comédia*, com conclusão regeneradora, *divina comédia...*

Essa própria ambigüidade dá conta das contradições da crítica: poucos textos são menos neutros do que a coletânea comumente denominada *Correspondência de Abelardo e Heloísa*; e, quase inevitavelmente, o leitor nela investe sua própria ideologia. Um livro alemão de Peter von Moos fez em 1974 o levantamento dessas interpretações divergentes, denunciando com frescor seus pressupostos [1]. Limito-me, nesta breve introdução, a situar essas páginas em seu contexto histórico.

A Correspondência nos foi conservada por vários manuscritos dos quais o arquétipo parece ser aquele que pertence à biblioteca de Troyes sob o número 802, e que foi copiado em fins do século XII: cento e cinqüenta anos depois dos acontecimentos que relata. Esse manuscrito contém:

— uma autobiografia de Abelardo, a *Historia calamitatum* ("Relato de minhas infelicidades"), escrita em forma de carta fictícia dirigida a um amigo anônimo, e cujo conteúdo implicaria que fosse datada de 1132, quando Abelardo tinha cinqüenta e três anos;

— uma *Consolatio*, enviada a Abelardo por Heloísa depois que esta tomou conhecimento da *Historia*;

— uma série de três cartas (Abelardo a Heloísa, Heloísa a Abelardo, Abelardo a Heloísa) em que os antigos amantes, retomando os elementos da *Historia* e da *Consolatio*, retornam sobre seu passado comum e exprimem seus sentimentos sobre o futuro que os espera;

— três cartas, de caráter impessoal, constituindo uma correspondência relativa à administração do monastério do Paracleto, do qual Heloísa havia se tornado abadessa por volta de 1129;

---

1. *Mittelalterliche Forschung und Ideologiekritik*, W. Fink Verlag, Munich.

— finalmente, uma Regra proposta por Abelardo às religiosas postas sob a jurisdição de sua esposa.

Apenas os cinco primeiros desses documentos nos interessam. Mas, embora aparentemente heterogêneo, o conjunto possui uma indiscutível coerência interna, cuja definição (difícil de fornecer) determina, até certo ponto, o significado que se atribui às partes.

A maioria dos medievalistas está hoje de acordo em ver na Correspondência, não o resultado puro e simples de uma colagem de cartas originais, mas um dossiê organizado: não certamente falso, mas uma "obra", na medida em que essa palavra implica intenção e estruturação. Se o lugar de origem, no espaço e no tempo, desta "obra" continua sujeito a discussão, pelo menos não resta dúvida de que o monastério do Paracleto, perto de Provins, no Champagne, foi o primeiro a possuí-la [2].

Foi nos limites traçados por essas (quase-)certezas materiais que, a partir de meados do século XIX, se opuseram diversas propostas de leitura. Grosso modo, eu distinguiria quatro teses:

— a Correspondência constitui uma coletânea autêntica, remontando ao início ou meados do século XII, mas ligeiramente retocada no século seguinte;

---

2. *Pierre Abélard, Pierre le Vénérable* (Atas do colóquio de Cluny, 1972), publicado sob a direção de R. Louis, J. Jolivet e J. Châtillon, edição do C.N.R.S., 1975, pp. 409-512.

— o conjunto do texto é uma espécie de romance epistolar, com fins morais, de autoria do próprio Abelardo;

— a coletânea das cartas que ela havia trocado com Abelardo foi, em vista de sua difusão, coligida e sem dúvida corrigida por Heloísa após a morte de seu esposo;

— finalmente, hipótese radical, trata-se de um dossiê factício, compilado no Paracleto na segunda metade do século XIII, com base em alguns documentos autênticos, talvez de lembranças transmitidas oralmente, e sobretudo de textos tardios tendendo a justificar os costumes muito particulares que regiam a vida da comunidade em questão.

Em todo caso, a crítica histórica atual admite que o fim último visado pelo compilador da Correspondência faz desta, de qualquer maneira, um requisitório em favor do Paracleto, fundação de Abelardo: seja, na ordem moral, relativamente à idéia da condição feminina implicada por sua Regra, seja, na ordem eclesiástica, a fim de legitimar a forma de cenobitismo por ela introduzida e mantida.

Não retraçarei as polêmicas que cada um desses pontos suscitou. Temos sob os olhos um texto, formado pelos documentos I a V do dossiê e que constitui uma narração contínua: tomemo-lo por tal, sem tentar o inútil, quero dizer, remontar ao acontecimento. Cabe-nos ler, saborear e, se o coração no-lo diz, julgar uma narrativa; nada mais, apesar do que hábitos de espírito ainda rômanticos nos levariam a nela buscar. De resto, antes que, por volta de 1840, "antiquários", como eram chamados, começassem a se interrogar sobre as origens e fins da Correspondência, era essa simples leitura cândida que se praticava. Ch. Charrier[3] estabeleceu, já há quarenta anos, a longa lista das obras "literárias" que, cada uma à moda de seu tempo, exploraram como um modelo clássico esse texto ilustre: desde 1280, Jean de Meun adaptava a *Historia calamitatum* no *Roman de la rose*; de fins do século XVII a meados do XIX, destaco treze imitações mais ou menos livres em prosa e onze em verso, duas contrafações burlescas, ao que se podem acrescentar narrativas mais originais, como a que Rodolphe Toepffer inseriu em suas *Nouvelles genevoises*; Rousseau não deu por acaso o título de *Nouvelle Héloïse* ao livro que conhecemos, e dois romances um pouco posteriores versam sobre esse tema, um anônimo, o outro de Restif de la Bretonne, *Le Nouvel Abailard* (1778-1779); em nossos dias ainda, essa tradição subsiste: da peça de Roger Vaillant ao romance que eu mesmo publiquei pela Gallimard em 1969, *Le Puits de Babel*...

Pouco importa: narração fictícia ou confissão autobiográfica, o texto traz seu próprio sentido, engendrado nesse lugar utópico em que ressoam os ecos de um mundo (o dos séculos XII e XIII) contra o qual ele se constrói, assimilando-o. *Abelardo* e *Heloísa* (designo assim de ora em diante os "personagens" revestidos desses nomes) alinham-se na longa série de religiosos

---

3. *Héloïse dans l'histoire et dans la légende,* Paris, 1933.

e religiosas que o laço epistolar e alguma ternura uniram através do espaço, desde São Jerônimo e Eustóquia, Fortunato e Santa Radegunda. No entanto, o quadro medieval da carta, que há cinco ou seis séculos constituía um gênero literário definido por um verdadeiro cânone, e próximo do "ensaio" moderno, constrangia o espírito a um procedimento de análise e depois de síntese, próprio para facilitar o que, hoje, parece confissão; e a língua latina, que esses correspondentes empregam, abrandada por uma experiência mais rica, sensibilizada pelo uso bíblico, escapava assim, mais que o francês de então, à convenção e ao simplismo. É assim que *Heloísa*, não menos que *Abelardo*, avança lentamente em seus meandros interiores, onde ela projeta a luz de um fogo sempre ardente após doze anos de separação. Contudo seria vão lê-la com a "imediatez" que fingem exigir as confissões modernas. Nada, de resto, é mais estranho à Idade Média, na ordem das intenções como na dos atos, do que aquilo que designaríamos aproximadamente de palavras como efusão ou lirismo. Mais do que em qualquer outra época de nossa história, o indivíduo foi então tributário de um vocabulário herdado, de associações ideais e de conotações inerentes a ele.

A narrativa que *Abelardo* e *Heloísa* fazem alternadamente, bem como o comentário que eles integram à própria narração, aparecem determinados por dois modos de pensamento veiculados por duas retóricas (contemporâneas, mas distintas, no século XII; em conflito aberto no XIII): essas que, simplificando, se qualificariam de "escolástica" de um lado, de "cortês" do outro.

Abelardo e *Heloísa* mergulham, por uma parte de sua existência, no meio da Escola da qual Abelardo foi um dos mestres e animadores no próprio tempo em que ela se formava. Sob esse aspecto, é a linguagem exegética e dialética da escolástica nascente que formaliza o pensamento e às vezes — sobretudo em *Abelardo* — dá colorido ao sentimento. Se, como parece, o estado definitivo do texto não remonta além do século XIII, época triunfal da escolástica, o ambiente recente do documento pode ter sido fortemente impregnado desses elementos e acusar um caráter talvez menos marcado antes. Uma tensão, mais ou menos comum a todas as civilizações (repugnância recíproca do espírito e do mundo, defasagem entre os ritmos do intelecto e os da ação), assume então um rigor radical. O instinto e o pensamento são incompatíveis; essas noções entretanto (como o sentiram confusamente os primeiros escolásticos) encobriam uma série de outras, misturadas: sensibilidade e vontade, real concreto e abstração dedutiva, política e teologia, economia e moral, poder criador e ciência teórica, e, bem no fundo, apesar de certas aparências, homem e Deus. A vitalidade exemplar de um pequeno número de indivíduos dissimula, a nossos olhos, com o recuo do tempo, o que essas tendências tiveram de contraditório no plano coletivo, e qual germe de decomposição elas alimentaram no mundo das igrejas góticas e do capitalismo nascente: o idealismo, e, juntamente com a desenvoltura da língua, o esoterismo místico e a mania filológica, o ascetismo cisterciano e a política clunisiana; a maioria dos indivíduos opta alternativamente por soluções extremas: ou a brutalidade nua do real, podada de toda transcendência, ou uma entrega total a valores abstratos, formas convencionais, que se presume amparados por uma sobrenatureza invisível, estável e intemporal.

No domínio do coração, o homem não está menos dividido. As paixões do amor, reprovadas pela tradição eclesiástica, sumariamente encobertas — mais dissimuladas que confessadas — pela moral matrimonial, não têm direito de cidadania: tudo o que vive foi encerrado, pelo homem medieval, em quadros racionais e teóricos, e o que não entra num desses quadros não tem valor de cultura, permanece repugnante selvageria. As paixões do amor ficam à margem do universo conceptual, tanto mais vivazes, indomadas, mas ao mesmo tempo privadas de linguagem e dessa relativa segurança que vale a inserção numa ordem.

Aqui intervém a *cortesia*, instaurada, na época em que viveram Abelardo e Heloísa, por algumas linhagens nobres, especialmente no Oeste e Sudoeste da França, e que não tardou a se difundir por todo o reino, e depois por todo o Ocidente cristão. A palavra *cortesia* tem o defeito, é verdade, de ter estado presente muito tempo em nossa cultura e de ter servido a usos muito diversos. Historicamente, pode-se-lhe conferir uma significação limitada, restritiva, mas mais precisa. *Cortês* qualifica, de um lado, um conjunto de costumes que implicam uma adesão individual a valores geralmente admitidos no meio social que constituem as cortes feudais menos miseráveis; esses valores definem um ideal coletivo que em breve exercerá, de alto a baixo, seu prestígio sobre camadas de população marginais em relação à aristocracia dos cavaleiros...; camadas às quais, por seu nascimento e educação, pertencem Abelardo e Heloísa. Diz-se *cortês*, de outro lado, um conjunto de *habitus* mentais, ao mesmo tempo éticos e estéticos, especialmente notáveis na medida em que dizem respeito às relações entre os sexos: tópica ideal, engendrando constrangimentos intransponíveis para a inteligência, o coração e os gestos. A essa tópica faltava ainda uma linguagem, quando, por volta do ano 1100, alguns poetas limusinos (os primeiros *trovadores*) deram-lhe sua voz, conseguindo vencer a inércia de um pensamento incapaz de conceitualizar os movimentos do amor, de um idioma (o "occitan," em breve o francês) impróprio até então a dizê-los. A nova tópica atinge o nível da manifestação verbal, engendra uma nova retórica, articulada por uma dialética original, cujo modelo abstrato é o das relações entre senhor e vassalo.

No centro do esquema imaginativo e lingüístico onde, de agora em diante, vão se inscrever milhares de discursos e o dinamismo do canto erótico (a voz falada do desejo), coloca-se uma situação tipo, que é a do Obstáculo. O desejo que eu carrego e que me carrega tende para um objeto que, quaisquer que sejam as circunstâncias e as modalidades de seu fantasma, "eu" não possuirei nunca na "alegria", isto é, na perfeita liberdade e intemporalidade do "jogo". Através das inumeráveis variantes que comportam os destinos individuais, o obstáculo está sempre lá, imanente a todo amor. Não que seja concebido misticamente: o simbolismo cortês primitivo permanece terra a terra, o obstáculo é "significado" em sua linguagem pela condenação virtualmente levada contra o casamento. O casamento, não as relações sexuais como tais, o casamento porque implica um direito de posse. Correlativamente, a imanência do obstáculo torna-se sensível pela exigência do segredo: sua divulgação mata o amor. Por sua vez, a retórica que o século XII relaciona a essa tópica repousa sobre uma dupla afirmação fundamental, resplandecendo em metáforas características; o desejo identifica-se com sua expressão. Assim, enobrece o ser que, ao mesmo tempo, o sente e o exprime. Reencontramos aqui, de forma inesperada, uma das tendências espirituais mais profundas da sociedade medieval: o realismo do verbo, a fé quase mágica na eficácia da fala, da palavra. Entre os poetas, essa dupla afirmação, anterior a todo raciocínio, se traduz pelos lugares-comuns: amar é cantar, o amor reside no canto; quem canta merece o amor. Perfeita circularidade, cujo centro é esse casal desideral, em torno de quem gravita um universo eternamente outro.

Dessa maneira, paradoxalmente, a relação entre ela e eu, eu e ela, deixava de ser, seja uma simples funcionalidade biológica, seja uma desordem; ela tomava lugar, entre outras realidades, na série das existências racionalmente válidas, portanto belas. De resto, dos esquemas intelectuais com a ajuda dos quais a Idade Média se pensa, o esquema cortês é o único que escapa inteiramente à tradição eclesiástica. Nesse sentido, se ele satisfazia às necessidades de expressão e dos costumes mundanos, não podia resolver de fato os conflitos da existência nem apaziguar uma dor profunda. É, certamente, uma questão que o espírito desse tempo não tinha nem mesmo a possibilidade de se colocar: do vivido ao pensado, qual é a medida?

A vertigem dessa paixão e o esgotamento físico a que em breve conduz desviam *Abelardo* de seu ensinamento. Ele compõe canções de amor que logo se espalham pela cidade. *Heloísa* fica lisonjeada, como uma alta dama. Pequena jovem para quem o grande mundo cortês é o mundo da felicidade... Em termos que anunciam literalmente os versos de um Bernard de Ventadour, ela insiste. Ela mesma, nas vicissitudes de seu coração, entrega-se a esse jogo que os poetas inventaram: ela é, vez por vez e ao mesmo tempo, o amante e a amante, a adorada e o adorador. Ela ama por dois. Por inclinação inicialmente, porque está apaixonada e é vaidosa, cede ao prestígio do momento. Logo, porém, ela terá que continuar sozinha seu duplo papel por necessidade...

O nascimento de um filho e a violenta reação familiar levam *Abelardo* a propor o casamento.

Heloísa resiste, e extrai seus argumentos do fundo mais experimentado dos lugares-comuns corteses. Mas eles tomam em seus lábios o eco de uma profecia. O casamento empanaria a glória dos amantes. Ela se arrebata e qualifica de "obscena" a promiscuidade desse laço. O casamento é incompatível com a vida da inteligência, avilta o coração e dissipa as forças vitais. *Abelardo* nada ouve. Ele ama ainda? Sem dúvida. Mas o sentimento do dano que causou reacende nele a razão do moralista: ele se dilacera, mas curva-se à lógica, tornada absurda, de sua vontade. *Heloísa* se atém em vão à sua recusa. O casamento é celebrado. Mas *Abelardo* exige que seja mantido rigorosamente em sigilo. *Heloísa* inclina-se diante dessa exigência; ela não hesita em mentir aos indiscretos até com juramento; não, *Abelardo* não entrou nesses laços infamantes, ela não o teria permitido. De resto, logo após a bênção nupcial, *Abelardo* se afasta de *Heloísa* e passa a ocupar um domicílio separado. A família nada compreende, fareja uma cilada, irrita-se, entrega-se ao falatório. *Abelardo* então seqüestra *Heloísa* e pede asilo para ela junto às religiosas do convento de Argenteuil, entre as quais ele a esconde sob o disfarce do hábito! Essa reviravolta é tanto mais surpreendente uma vez que, voltando sobre esse passado, *Abelardo* não parece perceber aqui um erro de sua parte. O primeiro choque da experiência, após o enlevo incontrolado da paixão, comoveu em *Abelardo* o teólogo: é preciso reparar, segundo a norma estabelecida; *Abelardo* se casa. Mas, logo após cumprir a reparação, ele se fecha no silêncio; a lógica do teólogo cede aos preconceitos mundanos: que a esposa se afaste, que o amor retorne ao segredo que o depura, que ressurja o obstáculo cuja presença pungente o alimenta. A situação cortesã será restabelecida, com todas as suas ficções, sob o abrigo da instituição matrimonial.

Invocando aqui ainda o esquema cortês, não pretendo absolutamente a ele reduzir esta aventura. Outros fatores podem ter interferido. No início do século XII, e desde há duas ou três gerações, reinava entre os clérigos (em seus ofícios eclesiásticos, políticos ou escolares) um preconceito em favor do celibato; o estado de casamento da parte de um tonsurado — como era Belardo — investido de um posto importante era "malvisto"; poderia prejudicar sua carreira, pelo menos se tal situação comportasse notoriedade pública e vida comum. É provável que *Abelardo* considerasse isso. Entretanto, sobre o plano consciente, a linguagem cortesã, com sua complicação e suas ambigüidades, se impôs sozinha.

Com efeito, *Abelardo* justifica sua segunda decisão pelos mesmos argumentos que *Heloísa* invocava contra a primeira. Já não se trata de uma questão de coerência nem de legitimidade. Na nova situação que ele mesmo criou, *Abelardo* retorna a suas atitudes anteriores. *Heloísa* é sua esposa; pelo retiro a que ele a constrangeu, *Abelardo* parece ter proibido a si próprio o uso do direito conjugal. *Abelardo* choca-se contra o obstáculo que ele assim construiu; ele viola, por assim dizer, sua própria mulher, que entretanto consente, afetiva e fisicamente. Irrealismo absurdo da razão cortês, tal como o doutrinário André le Chapelain o definirá muito sabiamente por volta de 1180.

Com os anos e nas perspectivas da memória, *Abelardo* virá a se persuadir de que, após seu casamento, ele voluntariamente se apagou perante Deus, a fim de abrir a *Heloísa* um caminho mais salutar. Essa interpretação retrospectiva não convence absolutamente a *Heloísa*. No exato momento em que no convento de Argenteuil, atravessou a grade do coro, ela compreendeu tudo: somente seu amor subsistirá. A renúncia do trovador, quando ele penetrava no mundo estreito das formas e das proibições cortesãs, era menos constrangedora do que aquela. Entretanto, permanece uma analogia. *Heloísa* a transpõe num registro mais autêntico; a solidão de seu amor encerra-se sobre o altar de um Deus que ela não quis. Ela encontrou seu Obstáculo, e sua Espera; contra sua vontade, ela deu forma a seu desejo.

Mas não se aniquilam facilmente as famílias: *Fulbert*, tio e tutor, conduz a de *Heloísa*. Teria ele, à sua maneira, em sua honestidade limitada, em sua afeição atraiçoada por sua sobrinha, no seu juridismo de clérigo, percebido a contradição de *Abelardo* e quão perigosamente se havia restabelecido a situação cortesã? Ao obstáculo das conveniências, sucedia o obstáculo duplo da ética conjugal e do direito canônico. *Fulbert* atormenta-se; combina o atentado que custará a *Abelardo* sua virilidade. Uma jovem mulher do clã foi insultada. O clã a vingará. Ele aplicará por sua própria conta a pena que presumivelmente um tribunal regular aplicaria... E mais ainda: a Igreja proíbe aos castrados o exercício de qualquer cargo pastoral ou administrativo: mutilando *Abelardo*, *Fulbert* lhe corta — pede-se desculpas pelo que parece ser um mau jogo de palavras — ao mesmo tempo a carreira...

Passada a primeira dor física, a reação de *Abelardo* é a vergonha. Ele só tem um pensamento: desaparecer do mundo. Esconder-se. Nesse momento, *Heloísa* está bem longe de sua preocupação. Depois ele retorna a ela: que ela desapareça com ele. Somente isso conta; de amor não se fala mais, é uma derrota, *Heloísa* deixa-se conduzir. O único refúgio possível é a sombra definitiva de um claustro. Juntos, *Abelardo* e *Heloísa* pronunciam, um em Saint-Denys, o outro em Argenteuil, votos definitivos pelos quais se ligam à castidade.

Um destino duplamente irreparável se cumpriu. O Obstáculo tornou-se absoluto, pertence de ora em diante à própria natureza, em sua horrível mutilação. Heloísa bem sabe disso, mas não o confessará jamais. Ela conserva em si o seu amor, sem o Outro... pois, que resta do Outro? *Heloísa* vangloria-se de que na falta do prazer a ternura pode ainda fundar uma união. Ela toma inteiramente para si o sacrifício do corpo. *Abelardo* está ferido, tragicamente; mas, em relação a esse amor, não há mais para ele um verdadeiro sacrifício.

Quanto a *Abelardo*, ele se empenha num longo trabalho de interiorização. Embora sua paixão tenha perdido o fundamento natural e o apetite do prazer, ele não deixa de amar. Seis poemas latinos nos restaram dele, sob o título de *planctus*: espécie de oratórios, muito próximos do lirismo dos trovadores por suas formas literárias e musicais, estão entre os mais perfeitos poemas desse tempo. Supõe-se que os temas foram sugeridos pela própria *Heloísa*[4]. Sob o véu de recitativos pronunciados por personagens bíblicas, os *planctus* constituem o apelo de uma dor que não chega a sentir a presença do Deus a quem ela se dirige. Lamentação de Diná, filha de Jacó, chorando seu rapto e a vingança sangrenta que tomou conta de seus irmãos: *Heloísa*; lamentação de Jacó sobre os dilaceramentos mortais de sua raça: o velho pai de *Abelardo*, Bérenger, de linhagem devastada por tais catástrofes; lamentações das Virgens de Israel sobre o sacrifício da filha de Jefté: todas as mulheres futuras, inclinadas sobre o duplo sacrifício de *Heloísa*; lamentação de Israel por Sansão: é o próprio *Abelardo*, que o amor perdeu; depois, duas vezes, a oração de Davi, do fundo da qual sobe a aflição do miserável, abrindo-se com seu único amigo — Pierre, o Venerável —, o abade de Cluny, o único (como testemunha sua própria correspondência) que tentou compreender... A infelicidade de *Abelardo* criou uma situação onde se aboliu a lembrança dos erros passados. Outro desejo germina na obra do músico e do poeta, graças a ela talvez

---

4. G. Vecchi, *Pietro Abelardo, I "Planctus"*, Módena, 1951, pp. 10-16.

(o canto é o amor!): reencontrar, verdadeiramente, por outro caminho que não o do prazer impossível, aquela que se perdeu. Pouco a pouco, esse desejo engendrará um longo pensamento: *Abelardo* reencontrará *Heloísa* em Deus, se ela o quiser consentir.

Nesse meio tempo, *Abelardo* retomou seus trabalhos teológicos. Suas obras sucessivas fazem escândalo. É censurado por lhe faltar o sentido do mistério. Na verdade, Abelardo está agora *no* mistério. É expulso de Paris; é condenado e maltratado. Refugia-se em Champagne, funda em 1120 o monastério do Paracleto, que é obrigado a abandonar. Aprisionado em Saint-Denys, ele acaba por aceitar, para se libertar de um mundo odioso, o cargo de abade do convento de Saint-Gildas-de-Rhuys, na Bretanha, em meio a uma população miserável e a monges bandidos que durante seis anos (de 1128 a 1134) ele tentará governar. Agredido uma tarde por alguns de seus subordinados, irritados com as reformas que ele pretendia introduzir, cai do cavalo e quebra várias vértebras. Doente, considera-se já morto. Começa a lembrar. Cede um instante ao desespero. O próprio Deus o abandonou? É então que *Abelardo* escreve o relato de suas infelicidades...

Estamos em 1132. Uma dezena de anos se passou desde a crise que culminou na separação dos esposos. Que caminhos seguiu o pensamento de Abelardo? Por volta de 1129, Heloísa e suas companheiras haviam sido lançadas à porta do convento de Argenteuil pelo abade de Saint-Denys. Durante algum tempo, elas levaram uma vida errática e miserável. Abelardo apiedou-se delas. Com sua autoridade eclesiástica, ele fez com que fosse concedida a Heloísa a chefia da abadia do Paracleto. Em diversas oportunidades ele precisou ir ter até junto dela, para regulamentar questões administrativas. Mas ele fez questão de afastar, dessas conversas, toda confidência, toda palavra pessoal. *Heloísa* queixa-se de que ele nem mesmo a colocou a par das perseguições a que estava exposto na Escola. Nesse meio tempo, a *Historia calamitatum* cai em suas mãos. Ela lê, perturbada, a narrativa em que as infelicidades públicas de Abelardo aparecem de tal forma misturadas às que seu amor engendrou, que este parece ter sido seu fermento, quando não a própria causa. Heloísa rompe esse muro de silêncio que a aprisiona: ela escreve...

O fato de Abelardo *responder* mostra que ele tem agora consciência de cumprir uma missão. Ele tem a tarefa de constranger *Heloísa*; de transformar nela esse amor e, ainda que ao preço de dores atrozes, fazer com que apareça sob seu aspecto eterno.

Conferir, custe o que custar, à ligação que eles tiveram sua realidade intemporal. Esfolar esse corpo e essa alma, despojá-los de seu envelope acidental, para desnudar a substância. Da tragédia individual, resgatar o drama universal em que a humanidade inteira participa, com Deus. Uma ternura ainda prende *Abelardo*. Depois de tantos anos guardada dentro de si, ele compreende que ela se expandirá na única união que permanece possível: a que lhes permitirá o acesso comum à santidade idêntica. *Abelardo* bem sabe que seus modos, necessariamente, serão diferentes, mas o fim é o mesmo. Pressente-se, no dialeticista que é *Abelardo*, uma curiosa evolução: ele se empenha num novo caminho especulativo, próximo da teologia mística de Bernard de Clairvaux. Essa teologia, no entanto, é por ele aplicada a seu único problema: ela lhe empresta uma nova linguagem para pensar e dizer seu amor. Ele bem sabe que a sensualidade de *Heloísa* subsiste, reavivada pela privação e pelo milagre da lembrança. Então, para lhe tornar acessíveis os novos termos da união que propõe, é preciso, absolutamente, esvaziar de todo conteúdo admirável a lembrança, e convencer da excelência da privação. Essa tarefa exige de *Abelardo* que ele se mostre duro. Ele escolhe as palavras mais cruéis, faz questão de insistir sobre a imundície da carne: o pecado.

Novamente, eis-nos diante do Obstáculo. Mas, hoje é preciso aboli-lo. *Abelardo* não se libertou da linguagem de seu século. Para onde quer que ele se volte, ele se defronta com noções corteses de distância e de impossibilidade do laço. *Abelardo*, dividido entre sua vergonha e sua ternura — e alguma má consciência que ele tenta assumir — cobre-se de uma fórmula. Ele usa, abusa, se for preciso, de seu prestígio. Ele bem sabe que *Heloísa* não pensa e não sente senão por ele, que sua admiração apaixonada, sem obnubilar seu julgamento, o falseia em certas horas. É preciso aproveitar esses instantes de cegueira.

Abelardo recorre contra *Heloísa* toda sua habilidade dialética. Ele procede em dois tempos. Primeiro tempo: seu amor, em sua forma antiga, chocou-se contra o pecado. Agora, *Abelardo* foi tirado do pecado. É preciso constranger a jovem a segui-lo, a desejar segui-lo, em sua liberdade espiritual de castrado. *Abelardo* exalta simbolicamente a dignidade do eunuco, convoca a Bíblia e os Pais da Igreja para lhe fornecerem exemplos perturbadores. É-lhe necessário, sobre esse ponto, e justamente porque o caráter físico para ele não representa mais o fundo do problema, quebrar a inteligência e a sensibilidade, forçá-las a uma mudança e perspectivas. *Abelardo* se gaba menos da amputação que sofreu do que de ter transposto a primeira porta do amor verdadeiro. Ele agita, sob os olhares da perplexa Heloísa, o estandarte das milícias bem-aventuradas, já participantes na Divindade, e finge ter lugar entre elas.

Trata-se de viver e de fazer viver. Entre os argumentos e orações que ele lança aqui e ali em suas cartas, brilha a luz de uma fé: não há, não pode existir, conflito definitivo entre a graça e a natureza, entre o amor divino e os das criaturas; não há senão aparências de conflito, e cegueiras mais ou menos voluntárias. Está na natureza do amor realizar-se em Deus. Certamente, no caso de *Heloísa*, essa transformação necessária será obra do tempo e de uma penosa ascese. *Abelardo*, por seu lado, vangloria-se de a ter, no que diz respeito a ele, já realizado. Ele se apresenta à sua esposa liberto das servidões corporais. Ele desempenha um papel; adota uma artimanha pedagógica. Mas por isso mesmo, talvez ele se dê razão.

Sua aparente dureza de coração provém de uma intuição psicológica surpreendente para seu tempo. Ele conhece nossa "sublimação"; ele revelou os instintos masoquistas da sexualidade de *Heloísa*, e lhe aplica um método que, resolvendo o complexo, os transpõe para o plano espiritual. Ele finge assim afastar-se das posições cortesas de que a jovem não se liberta, mas ele corrige insensivelmente a "doutrina" mundana, em virtude do postulado de que o Obstáculo, na realidade, foi o pecado. Ora, o pecado será abolido.

Da castidade constrangida, Abelardo se eleva à gratuidade do dom; da alegria do coração, à contemplação das analogias divinas. Prisioneiro do vocabulário estreito do trovador, *Abelardo* conserva dele as formas, mas modifica o sentido das palavras, seduzido pelo sistema de seu novo vocabulário místico e o elã de sua nova sinceridade; não é preciso, por assim dizer, senão renunciar ao pecado, e tudo se tornará verdadeiro. Os contemporâneos puderam iludir-se a respeito de uma tal linguagem e ver em *Abelardo* o homem mais amoroso à moda de seu século.

Segundo tempo. *Abelardo* subitamente se esquiva. Ele se serviu de si mesmo como de uma isca. *Heloísa*, fisgada, permanece à porta de um outro mundo. À miséria de sua própria humanidade, *Abelardo* substitui o Cristo na cruz. "Eis o único amante que te amou." O ferimento da castração, a humilhação do ostracismo de que é vítima o Mestre e o esposo são fracos ecos à dor de Deus. Entretanto, eles lhe respondem, humildemente, e se misturam a ela. *Abelardo* foi culpado; hoje pouco importa a Deus. Ele oferece voluntariamente sua infelicidade, em união, e de tal forma íntima que *Heloísa* não poderá mais dirigir a ele seu pensamento ou seu coração, sem atingir o Deus ao qual ele está ligado.

Chegado a esse ponto, *Abelardo* se interrompe, de súbito. A seus olhos, o passado está morto: ele não subsiste senão nesta esperança. *Abelardo* espera que a graça faça sua obra... A Espera, o Silêncio que segue a canção demonstrativa: mesmo isso, nós o conhecemos de outra parte. É todo um sistema de expressão que *Abelardo* transpõe — reanima — nele infundindo sua teologia; o dolorismo latente (ao menos verbal) do amor cortês articula-se aqui sobre o dolorismo sobrenatural próprio do catolicismo medieval, o esboça, o significa. *Abelardo*, por abstração e analogia — segundo o método habitual nas especulações filosóficas desse tempo —, esforça-se por utilizar esse quadro, por dar conta de uma situação-limite que não tem sentido senão em relação a uma transcendência: Deus.

Ao chamar *Heloísa* para dirigir o monastério do Paracleto, *Abelardo* fechou a fivela terrestre de seu amor. Não lhe resta senão regulamentar a liturgia à qual sua esposa preside. Depois de tantas canções apaixonadas, ele escreve para ela hinos de coro...

Mas *Heloísa*?

Na infelicidade, ela é mais perspicaz ainda do que o foi na prosperidade. Melhor que *Abelardo* ela consegue, aqui e ali, pelo simples efeito de sua humildade, escapar à fraseologia de seu tempo. Ela é mais fraca, apesar de sua vontade de crer e de aderir ao Cristo; sua fé titubeia, porque *Heloísa* está dividida contra ela mesma. Ela sofre de seu desejo inútil. Do casal impossível que ela forma com *Abelardo*, além do obstáculo definitivo da castração, Deus está ausente: Deus está fora; Ele é o *"losengier"*, o Vilão das canções corteses. Para *Heloísa*, o escândalo é esse conflito que a dilacera, entre o espírito e o sexo, entre a ideologia do claustro e a do amor; longe de negar esse conflito, como era moda fazê-lo, ela o proclama, e quase se glorifica nisso.

Ela não acredita na virtude. Permanece amarga, por vezes revoltada. Ela se fecha, proíbe a si mesma acreditar. Às primeiras cartas de *Abelardo* ela opõe uma recusa. Melhor, ela o tenta. Ela lembra a ele as horas mais ardentes, os lugares. Ela também quer persuadir, mas os argumentos não são ditados a *Heloísa* pela preocupação dialética. Insidiosamente, ela evoca um passado, inclina-se sobre a própria memória de *Abelardo*, tentando despertar lembranças mais fortes que o presente pensamento de Deus. Sem dúvida, ela não se engana senão pela metade. *Heloísa* joga ao mesmo tempo com esse erotismo semivergonhoso e com a ternura. Ela pede uma resposta; pede uma palavra, uma única, que signifique que foi compreendida, mesmo que ainda seja repelida. *Abelardo* não se deixa enganar. Então, *Heloísa* ousa mais: recusa a conivência a que *Abelardo* convida; ela é inocente, não tem nada a expiar; ela se exalta, tenta atingir o coração.

Não se trata de um diálogo. É um monólogo alternado cujo objeto deixou de ser o mesmo. *Heloísa* fala no passado; *Abelardo*, no presente e no futuro. O amor, para ela, está atrás; para ele, à frente, já dado a quem souber dizer sim, e reconhecer sua transcendência. Mas, na verdade *Heloísa* não pode admitir que o obstáculo tenha sido, outrora, o pecado, e nem que hoje não haja mais obstáculo. Onde procurar consolo? *Heloísa* resvala nas facilidades da tristeza, dessa *acedia*, esse "mal do século" dos monastérios medievais. Longe de se submeter, ela acusa. Ela deixa *Abelardo* pregar no deserto. Por que sofrer tanto? Ela retorna, último recurso, aos preconceitos de sua juventude cortesã, como à sabedoria das nações. A sorte os puniu por ter entrado nos laços do casamento. Que *Abelardo*, portanto, não se esquive sob uma retórica clerical a seu único dever: saldar a dívida amorosa que ele contraiu para com ela. Certamente, não é mais uma questão de prazer, mas de vida, e de palavras, e de ternura, e de não mais tolerar essa separação absurda.

Ternura, cólera; invectiva, piedade; e, às vezes, como se talvez não se soubesse que milagre iria assim se produzir, o intermitente remorso. Face à lógica implacável de *Abelardo*, a essa avidez santificante, *Heloísa* avança de inconseqüência em inconseqüência; seu pensamento torna-se em certos momentos tão complexo que o sentido de suas frases mal se depreende. Contra a brutalidade rigorosa de seu esposo, *Heloísa* lança em desordem os pedaços dela mesma. Seu desespero invoca um dos lugares-comuns literários mais usados nessa época: "As mulheres então jamais poderão conduzir os grandes homens senão à ruína..." Ela pensa em Davi e Betsabel, em Sansão, em Salomão, quem sabe? Em Artur, em Merlim, em Tristão?

De súbito, ela acredita ter tocado o coração de *Abelardo*, sentiu um novo sofrimento despertar nele. Imediatamente, ela se retrata, destrói numa página o que acreditara estabelecer. Ela se dilacera, acentua-se sua própria perturbação por perturbar *Abelardo*. Que ele tenha ao menos piedade de si mesmo! O Obstáculo é agora, mais ainda que a castração, a santidade desse amante cruel. Contra esse obstáculo, as retóricas se esgotam, o quadro cortês, desarticulado, não serve mais de nada. Quanto a ela, que permaneceu aquém do umbral que *Abelardo* cruzou, sem esse quadro, nada mais pode ser dito. Por isso a voz de *Heloísa* se enfraquece progressivamente, as palavras se esquivam; as únicas que ainda permanecem disponíveis são as que o simples sentimento de justiça inspira à acusada.

No momento em que *Abelardo* conseguiu revivificar de uma forma bastante intensa a pobre linguagem convencional do amor para exprimir sua aventura pessoal em sua absoluta unicidade, *Heloísa* quebrou essa linguagem como um brinquedo em cuja magia não há mais jeito de acreditar.

Por isso mesmo, as palavras de *Abelardo* se tornaram para ela mais e mais incompreensíveis. O obstáculo está na própria língua, no pensamento. *Heloísa* se cala.

Talvez seria abusivo interpretar, em termos modernos, esse silêncio como um recuo, e alguma autocastração compensatória. Para o historiador das mentalidades medievais, há aí antes uma manifestação gritante dessas "conversões" súbitas, tão freqüentemente narradas por hagiógrafos e cronistas, movimentos apaixonados da alma que relançam, de uma hora para a outra e sem preliminares aparentes, o ser no seio mesmo daquilo que até então ele havia renegado: uma reconciliação — consigo mesmo, com Deus, com tal grande causa. Mas, para o homem, a mulher, desse tempo, a reconciliação implica ruptura e violência..., deixando subsistir, sem dúvida, no fundo, uma dessas fissuras que, muito mais tarde, contribuirão para romper a unicidade factícia de uma civilização.

Após a data (fictícia) da carta V, Abelardo viveu ainda oito ou nove anos, perseguido mais do que nunca por seus inimigos, e viu o conjunto de sua obra solenemente condenada, em 1140, no concílio de Sens. Ele se retirou para o monastério de Cluny, junto de Pierre, o Venerável que, quando por fim, em 1142, Abelardo encontrou uma morte tão desejada, tomou sobre si absolvê-lo, recolher seu filho Astrolabe, e dirigir a Heloísa uma carta admirável, retraçando os últimos momentos de seu esposo.

Suas linhas testemunham a humildade perfeita do infeliz, chegado ao último grau do abatimento e destituição física. Ao término de seu lento naufrágio, Abelardo havia de fato abandonado tudo no mundo. Havia passado além das palavras e dos sistemas, e a civilização de seu século, não o contendo mais na estreiteza das fórmulas aprendidas, o rejeitara. Além da morte, *Heloísa* triunfava. Segundo uma lenda tardia, quando por sua vez morreu, em 1164, ela pediu para ser enterrada na mesma tumba que Abelardo: no momento em que seu corpo nela foi deposto, o cadáver de Abelardo estendeu os dois braços para recebê-la.

Não me atenho ao texto senão como tal; renuncio a provê-lo de notas históricas. Não obstante, um detalhe geográfico: Abelardo emprega com freqüência a palavra "França", pelo que é preciso entender a região parisiense.

De Abelardo a um amigo

Abadia de Saint-Gildas, Bretanha

Às vezes é mais fácil tocar o coração de alguém pelo exemplo do que por discursos. Às débeis consolações que vos apresentei durante nossa conversa, decidi acrescentar por escrito o relato, reconfortante para vós, de minhas próprias infelicidades. Comparareis assim minhas provações às vossas e, reconhecendo que estas são relativamente bem pouca coisa, as considerareis mais toleráveis.

Sou natural do burgo de Pallet, situado nos confins da Petite-Bretagne, cerca de oito milhas a leste de Nantes. Se devo a essa pátria, bem como à herança de meus ancestrais, uma leveza natural de espírito, meu gênio próprio me conferiu o gosto pelos estudos literários. Meu pai teve alguma tintura das letras antes de ingressar na carreira militar. Em seguida, ele se tomou de uma tal paixão pelas artes liberais que decidiu iniciar nelas todos os seus filhos, antes mesmo de os formar no ofício das armas. Esse programa foi aplicado. Meu pai ocupou-se de minha educação com especial zelo, pois, sendo eu o mais velho, era para ele o mais querido. Quanto a mim, o progresso que fiz nos estudos e a facilidade que neles manifestei fizeram com que a eles me prendesse com um ardor crescente. Desde logo exerceram um tal encanto sobre mim que, deixando a meus irmãos o brilho das glórias militares, minha parte da herança e minhas prerrogativas da primogenitura, abandonei completamente a corte de Marte e me recolhi ao seio de Minerva. Preferia, a todas as outras disciplinas filosóficas, a dialética e seu arsenal: troquei, assim, por essas armas aquelas da guerra e sacrifiquei os triunfos do combate aos da disputa. Êmulo dos peripatéticos, propus-me percorrer as diversas províncias, participando, das discussões públicas por toda parte onde ouvia dizer que se cultivava tal arte.

Cheguei enfim a Paris, onde há muito tempo a dialética florescia, em especial junto a Guillaume de Champeaux, legitimamente considerado como meu principal mestre nesse gênero de ensinamento. Comecei por freqüentar durante algum tempo sua escola, mas em breve me tornei bastante incômodo, pois esforçava-me em refutar algumas de suas teses, argumentava contra ele, e, às vezes, o sobrepujava. Meu sucesso provocou, entre aqueles dentre os meus condiscípulos tidos por mais hábeis, uma indignação tanto maior porquanto eu era o mais jovem e o último a atender aos estudos. É daí que eu dato o início dos infortúnios dos quais ainda hoje sou vítima. Minha fama crescia dia a dia: a inveja levantava-se contra mim. Por fim, presumindo por demais o meu gênio e esquecido de minha tenra idade, aspirei, malgrado toda minha juventude, a também dirigir uma escola.

Cheguei até a determinar em princípio o lugar onde agruparia meus discípulos: Melun, cidade ilustre nessa época e residência real. Meu mestre adivinhou tal projeto e, em segredo, fez de tudo para me obrigar a afastar ainda mais minha cátedra da sua. Antes mesmo que eu deixasse sua escola, ele resolveu me impedir de fundar a minha e tentou me roubar o lugar que eu havia escolhido. Mas a inveja lhe havia criado inimigos entre os grandes da terra; eu soube me fazer ajudar por estes e atingi os meus fins. Mais que isso, a inveja que Guillaume mostrava com relação a mim me valeu numerosas simpatias. Desde as minhas primeiras lições conquistei um tal renome como pensador dialético que a reputação dos meus condiscípulos, a própria glória do meu mestre foram quase ofuscadas. Cheio de orgulho, seguro de mim, logo transferi minha escola para Corbeil, cidade bem próxima de Paris, para ali prosseguir mais vivamente nesse torneio intelectual.

Em breve, minha saúde se ressentiu de tal excesso de atividade. Caí gravemente enfermo e me vi obrigado a retornar à minha terra natal. Durante vários anos permaneci, por assim dizer, exilado da França, fervorosamente lamentado por todos os ardorosos da dialética. O tempo passava; já estava há muito restabelecido quando meu velho mestre Guillaume, então arquidiácono de Paris, tomou hábito entre os clérigos regulares. Segundo se dizia, ele nutria a esperança de que esse ato público de virtude religiosa lhe facilitaria a ascensão à prelatura. Não precisou nem esperar: foi elevado ao trono episcopal de Châlons. Ainda assim, essa mudança de profissão não o fez abandonar Paris e muito menos os estudos filosóficos. No próprio monastério para onde, por piedade hipócrita, se havia retirado, ele reabriu imediatamente um curso público. Voltei para junto dele a fim de estudar retórica. Tivemos novas controvérsias e, com base em argumentos irrefutáveis, terminei por fazê-lo mudar sua teoria dos universais: eu arruinava suas posições. De fato, quanto a esse ponto, ele ensinava a identidade perfeita da essência em todos os indivíduos de um mesmo gênero: a diversidade entre estes provinha, sustentava ele, da simples multiplicidade dos acidentes. Eu o levei a emendar esta doutrina: à noção de identidade da essência, ele substituiu a da indiferenciação. Ora, a questão dos universais sempre foi um problema-chave para os dialéticos: Porfírio, abordando-a nos seus *Preliminares*, não ousa decidir nada e se contenta em observar que "tal é o ponto crítico desse gênero de especulação". Forçado a rever sua teoria, e depois a abandoná-la, Guillaume viu seu ensinamento cair no descrédito. Como se a dialética se voltasse inteiramente ao tratado dos universais, o ensino oficial dessa disciplina lhe foi retirado! Essa nova situação conferiu ao meu próprio ensino tanta força e autoridade que aqueles que outrora haviam sido os mais calorosos partidários de Guillaume, e os meus mais ferrenhos adversários, acorreram a mim. O sucessor de Guillaume na escola episcopal de Paris me ofereceu sua cátedra e tomou lugar entre a multidão de meus alunos, naqueles mesmos lugares onde, pouco tempo antes, florescia a eloqüência do nosso mestre comum.

Em pouco tempo, eu reinava sozinho no domínio da dialética. Seria difícil exprimir a inveja que ressequia Guillaume, o amargor que nele fermentava. Incapaz de conter seu ressentimento, procurou mais uma vez me afastar pela astúcia. Faltava-lhe pretexto para me atacar abertamente. Com ofensas infamantes, ele fez com que aquele que me havia cedido a cátedra fosse destituído, e nela pôs um outro, pensando assim criar um rival para mim. Voltei então a Melun e reconstituí minha escola. Quanto mais a inveja me perseguia diante do mundo, mais eu ganhava em autoridade!

A grandeza atrai a inveja; sobre os cimos se desencadeiam os ventos,

diz o poeta.

Guillaume não demorou a compreender que a maior parte de seus discípulos duvidava da sinceridade de sua conversão; rumores ofensivos corriam a seu respeito; era censurado sobretudo por não ter deixado a cidade. Ele se transferiu, então, com um pequeno grupo de alunos e irmãos para uma propriedade a certa distância de Paris. Voltei imediatamente de Melun para a capital, com a esperança de que ele me deixasse, afinal, tranqüilo. A cátedra continuava sendo ocupada pelo concorrente que ele me havia arranjado; assim instalei meus alunos fora da Cidade, e estabeleci meu território sobre o monte Sainte-Geneviève: eu parecia pôr assim o tribunal diante do usurpador! Ao saber da novidade, Guillaume apressou-se, sem pudor, em voltar à cidade, conduzindo ao seu antigo claustro sua confraria e os discípulos que ainda lhe restavam: ele vinha salvar de meus ataques seu cavaleiro sitiado na praça! Mas, exatamente por esse seu esforço, ele o perdeu. De fato, restavam ainda a esse homem alguns alunos, atraídos sobretudo pelo curso — considerado excelente — que ele dava sobre Prisciano. Mal seu mestre retornou, todo seu auditório o abandonou e ele teve de renunciar a suas funções de diretor de escola. Pouco depois, aparentemente desesperando das glórias desse mundo, ele mesmo se recolheu à religião. Vós conheceis as discussões que meus alunos sustentaram a partir de então contra Guillaume e seus discípulos, os sucessos que a fortuna nos deu nesse conflito e a parte que me coube. Pude verdadeiramente aplicar a mim mesmo, com mais modéstia, mas não menos audácia, as palavras de Ajax:

Vós inquiris sobre a passagem desse combate: não fui vencido.

Quisesse eu nada dizer do meu triunfo, os fatos falariam por si e o acontecimento o proclamaria. Entrementes, Lucie, minha mãe tão querida, me chamou à Bretanha. Meu pai, Bérenger, acabava de fazer voto monástico, e ela mesma se dispunha a imitá-lo. Assisti à tomada de hábito, e depois voltei para a França; era minha intenção estudar teologia. Guillaume a ensinava há pouco tempo, e com êxito, na sua diocese de Châlons. Seu mestre nessa disciplina havia sido Anselmo de Laon, a mais alta autoridade da época.

Fui procurar esse ancião. Ele devia sua reputação mais à rotina do que à inteligência ou à memória. Batia-se à sua porta para consultá-lo sobre uma questão duvidosa, voltava-se com mais dúvidas ainda. Certamente ele se mostrava admirável perante um auditório mudo, mas revelava-se nulo a partir do momento em que era interrogado. Tinha uma grande facilidade verbal, mas pouca profundidade e nenhuma lógica. O fogo que ele acendia enchia sua casa de fumaça sem dar qualquer luz. Era uma árvore frondosa, que de longe se impunha; mas quem olhasse com atenção não acharia nela fruto algum. Aproximei-me para colher seus frutos, mas nela reconheci a figueira maldita pelo Senhor, ou o velho carvalho ao qual Lucano comparou Pompeu: "É a sombra de um grande nome: tal como um carvalho que cresceu numa planície fecunda."

A partir do dia em que me convenci de sua esterilidade, não permaneci mais ocioso à sua sombra. Mostrei-me cada vez menos assíduo às lições. Alguns de seus discípulos mais distinguidos levaram isso a mal, como um sinal de desprezo para com um tão grande mestre. Propuseram-se em segredo excitá-lo contra mim, e, por suas pérfidas insinuações, conseguiram provocar ciúme. Um dia, após um exercício de controvérsia, entretínhamo-nos jocosamente entre camaradas. Um deles, desejando pôr-me à prova, perguntou-me o que eu pensava da leitura dos livros santos. Até então eu tinha feito estudos especializados apenas no domínio da física; ainda assim, respondi que a Bíblia constituía a mais salutar das leituras, pois que ela nos esclarece sobre a salvação de nossa alma: quanto a mim, entretanto, espantava-me bastante que pessoas instruídas tivessem necessidade, para compreendê-la, de acrescentar um comentário ao texto e à glosa. Minha resposta provocou um riso quase geral. Perguntaram-se se eu teria a presunção de tentar uma explicação a livro aberto. Declarei-me pronto a me submeter a tal prova, se quisessem. Os gritos e os risos ao meu redor aumentaram ainda mais: "Certamente, nós o queremos!" "Que me seja então submetido", retorqui, "um texto pouco conhecido, com sua glosa, que eu me resolvo a fazê-lo."

Meus companheiros se puseram de acordo e escolheram uma profecia bastante obscura de Ezequiel. Tomei o texto e os convidei a virem ouvir meu comentário no dia seguinte. Eles me cobriram então de conselhos que não quis nem ouvir: não deveria me precipitar sobre esse ponto, a tarefa era árdua, e minha inexperiência exigia que levasse mais tempo para aplicar meu método de interpretação. Repliquei com vivacidade que não estava nos meus hábitos contar com o tempo, mas que eu me fiava à inspiração. Acrescentei que, se eles se recusassem a vir me ouvir dentro do prazo fixado, eu renunciaria a tentar a prova.

Tive pouca gente na primeira reunião: julgavam-me com efeito bastante ridículo em abordar com tal desenvoltura e sem qualquer preparo exegético a leitura do livro sagrado. Entretanto, todos os que me ouviram ficaram encantados, a ponto de me elogiarem publicamente. Empenharam-se em que eu continuasse minha exposição, segundo o mesmo método. O rumor se espalhou: aqueles que não haviam assistido à primeira sessão acorreram à segunda e à terceira, todos tomando notas e informando-se do que eu já havia dito.

Esse novo êxito provocou no velho Anselmo um ciúme violento. Cedeu às instigações maldosas das quais eu era alvo, e propôs-se a me perseguir por meu curso de exegese, tal como Guillaume fizera outrora no campo da filosofia. Havia em sua escola dois alunos particularmente dotados: Albéric de Reims e Lotulphe, o Lombardo. Muito seguros de si, eles eram os mais hostis contra mim. Tive mais tarde a prova de que suas insinuações acabaram por abalar o ancião: imprudentemente, ele me proibiu de continuar a expor em sua cátedra o que ali eu havia começado, alegando que o responsabilizariam pelos erros que a falta de formação técnica poderia me levar a cometer. Meus condiscípulos ficaram chocados com a nova dessa proibição: jamais inveja caluniosa havia se manifestado assim abertamente. Sua própria evidência me fazia honra e a perseguição tornava tanto maior a minha glória.

Poucos dias depois voltei a Paris. Retomei a cátedra que, desde que me fora oferecida, permanecia reservada a mim da qual eu fora provisoriamente expulso. Eu a ocupei durante alguns anos em toda tranqüilidade. Desde o início do meu curso, retomei, para terminá-la, a interpretação de Ezequiel que havia começado junto a Laon. Minhas lições foram bem acolhidas: não demorou muito a se reconhecer que meu talento teológico se igualava a meu gênio de filósofo. Professava simultaneamente as duas disciplinas; uma e outra atraíam à minha escola uma multidão entusiasta. Não ignorais o lucro material nem a glória que disso tirei: o renome vos deve ter informado.

Mas a prosperidade sempre enfatua os tolos, a segurança material mina o vigor da alma e a dissolve facilmente entre as seduções carnais. Acreditei ser então o único filósofo sobre a Terra; nenhum ataque me parecia digno de temor. Eu, que até então havia vivido numa estrita continência, comecei a dar brida a meus desejos. Quanto mais eu avançava no estudo da filosofia e da teologia, mais a impureza de minha vida me afastava dos filósofos e dos santos. Na verdade, não foi sobretudo à castidade que tantos filósofos e ainda mais os santos — quero dizer, os seres mais atentos às lições da Escritura — deveram sua grandeza humana? Ninguém duvidaria disso. Mas o orgulho e o espírito da luxúria me haviam invadido. Apesar de mim mesmo, a graça divina soube me curar de um e de outro: primeiro da luxúria, depois do orgulho. Da luxúria, tirando-me os meios de me entregar a ela. Do orgulho que a ciência (segundo a palavra do apóstolo: "a ciência ensoberbece o coração") havia feito nascer em mim, humilhando-me pela destruição pública do livro do qual tirava a maior jactância.

Proponho-me a vos contar essa dupla história. Soubestes dela por ouvir dizer; eu vos exporei os próprios fatos, na ordem em que se sucederam.

Abominava o comércio grosseiro das prostitutas. A preparação dos meus cursos não me permitia o lazer de freqüentar as mulheres da nobreza e eu tinha poucas relações com as da burguesia. Mas a fortuna, acariciando-me, como se diz, ao mesmo tempo em que me traía, encontrou um meio mais sedutor para facilitar minha queda: caí de minhas alturas sublimes, e a misericórdia divina, para me humilhar, soube vingar-se de meu orgulho, esquecido das graças recebidas.

Havia então em Paris uma moça chamada Heloísa, sobrinha de um certo cônego Fulbert. Este, que a amava com ternura, nada havia poupado para lhe dar uma educação refinada. Ela era bastante bonita e a extensão de sua cultura tornava-a uma mulher excepcional. Os conhecimentos literários são tão raros entre as pessoas de seu sexo que ela exercia uma atração irresistível, e sua fama já corria pelo reino. Eu a via assim ornada de todos os encantos que atraem os amantes. Pensei que seria de bom alvitre estabelecer com ela uma ligação. Não duvidava do êxito: eu brilhava pela reputação, juventude e beleza, e não havia mulher junto a quem meu amor tivesse a temer recusa. Heloísa, eu estava persuadido, oporia tanto menor resistência quanto possuía uma sólida instrução e desejaria ampliá-la ainda mais. Mesmo que estivéssemos às vezes separados, poderíamos, pela correspondência, permanecer presentes um ao outro. De resto, as palavras que se escrevem muitas vezes são mais ousadas do que aquelas que se pronunciam com a boca. A alegria de nossas conversas não conheceria interrupção.

Todo inflamado de amor por essa jovem, procurei a ocasião de travar com ela relações bastante estreitas que me permitissem penetrar em sua familiaridade quotidiana, e levá-la mais facilmente a ceder. Com tal objetivo, fiz-me apresentar a seu tio através de amigos comuns, os quais lhe propuseram tomar-me como pensionista. Na verdade, sua casa ficava muito próxima da minha escola; quanto ao preço, ele mesmo o fixaria. Aleguei que tomar conta de uma casa prejudicava meus estudos e que a despesa pesava muito em meu orçamento. Não apenas Fulbert era dos mais cúpidos, mas ainda se mostrava muito preocupado em facilitar os progressos de sua sobrinha nas belas-letras. Lisonjeei essas duas paixões e obtive sem dificuldade seu consentimento, realizando assim meu desejo. Ele cedeu ao seu amor pelo dinheiro e concebeu a esperança de que sua sobrinha tiraria proveito de minha ciência. Insistiu sobre esse ponto. Suas súplicas vinham ao encontro dos meus votos além de toda esperança; servindo ele próprio meu amor, confiou Heloísa à minha orientação soberana, pediu-me que consagrasse à sua instrução todos os instantes de liberdade que, de dia ou de noite, meu ensinamento me concedesse; se ela se mostrasse negligente, devia recorrer aos castigos mais violentos. A ingenuidade do ancião me deixou estupefato. Eu não me recobrava do meu espanto: confiar assim uma terna ovelha a um lobo esfaimado! Encarregou-me não apenas de instruí-la, mas de castigá-la sem reservas: que teria feito outro, se ele quis dar toda permissão aos meus desejos e me fornecer a ocasião, mesmo contra minha vontade, de obter por ameaças e golpes o que as carícias poderiam ser impotentes a conquistar? É verdade que havia razões para afastar do espírito de Fulbert toda suspeita infamante: a afeição que nutria pela sobrinha e minha própria reputação de continência.

Que mais teria a acrescentar? Um mesmo teto nos reuniu, depois um mesmo coração. Sob o pretexto de estudar, entregávamo-nos inteiramente ao amor. As lições nos propiciavam esses *tête-à-tête* secretos que o amor anseia. Os livros permaneciam abertos, mas o amor mais do que nossa leitura era o objeto dos nossos diálogos; trocávamos mais beijos do que proposições sábias. Minhas mãos voltavam com mais freqüência a seus seios do que a nossos livros. O amor mais freqüentemente se buscava nos olhos de um e outro do que a atenção os dirigia sobre o texto. Para melhor afastar as suspeitas, o amor me levava às vezes a bater nela: o amor e não a cólera, a ternura e não a raiva; e a doçura desses golpes era para nós mais suave do que todos os bálsamos. Mais ainda? Nosso ardor conheceu todas as fases do amor, e também tivemos experiência de todos os refinamentos insólitos que o amor imagina. Quanto mais essas alegrias eram novas para nós, mais as prolongávamos com fervor, e o desgosto não veio jamais.

Essa paixão voluptuosa me tomou por inteiro. Cheguei a negligenciar a filosofia, a abandonar minha escola. Dar os meus cursos provocava em mim um tédio violento e me impunha uma fadiga intolerável: com efeito, consagrava minhas noites ao amor, meus dias ao estudo. Fazia minhas lições com negligência e torpor; não falava mais inspiradamente, mas produzia tudo de memória. Eu me repetia. Se conseguia escrever qualquer peça em versos, me era ditada pelo amor, não pela filosofia. Em várias províncias, vós o sabeis, ouve-se freqüentemente, ainda hoje, outros amantes cantar meus versos...

Dificilmente se imaginaria a tristeza que meus alunos sentiram, sua dor, suas queixas, quando se deram conta da preocupação, que digo? da perturbação de meu espírito. Um estado tão manifesto não podia escapar senão a uma pessoa no mundo: àquela cuja honra estava diretamente ameaçada, o tio de Heloísa. Várias vezes tentaram inspirar-lhe alguma inquietação. Mas sua imensa afeição pela sobrinha, não menos que minha reputação de castidade fundada sobre toda minha vida pregressa, o impediam de dar ouvidos a esses diz-que-diz. É difícil acreditar na infâmia daqueles que amamos, e a vergonha da suspeita não penetra numa grande ternura. Como diz São Jerônimo em sua epístola a Sabiniano: "Somos sempre os últimos a conhecer as chagas de nossa casa e, enquanto todos os vizinhos se riem dos vícios dos nossos filhos, das nossas esposas, somente nós os ignoramos."

Não obstante, o que se saberá por último saber-se-á de qualquer forma, e aquilo que todos conhecem não pode afinal escapar a ninguém. Ao fim de alguns meses, fizemos essa experiência. Que dor, a de Fulbert, com esta descoberta! Que sofrimento para os amantes, obrigados a se separar! Que vergonha, que confusão para mim! Com que desespero compartilhei a aflição de Heloísa! Que inundação de amargor nela provocou a idéia de minha desonra! Cada um de nós se lamentava, não por sua própria sorte, seus próprios infortúnios, mas pelos do outro.

A separação dos nossos corpos aproximou ainda mais nossos corações; com isso, nosso amor, privado de todo consolo, aumentou mais ainda. A própria publicidade do escândalo nos tornou insensíveis e nos perdíamos tanto mais o pudor quanto a fruição da posse se nos tornava mais doce. Também aconteceu conosco o que os poetas contam de Marte e Vênus quando foram surpreendidos.

Logo Heloísa se deu conta de que estava grávida. Escreveu-me de imediato com transportes de alegria, consultando-me sobre a conduta a manter. Uma noite, aproveitando da ausência de seu tio, raptei-a secretamente, tal como tínhamos combinado. Fiz com que ela fosse, sem demora, para a Bretanha, onde ela permaneceu em casa de minha irmã até o dia em que deu à luz um filho, que ela chamou de Astrolabe.

Sua fuga deixou Fulbert como louco. Quem não foi testemunha não pode fazer idéia da violência de sua dor e do excesso de sua vergonha! Certamente ele não sabia bem como agir contra mim nem que emboscadas me armar. Matar-me, mutilar-me? Ele temia por demais as represálias que os meus poderiam tomar contra sua sobrinha querida. Apossar-se de mim, seqüestrar-me para algum lugar? Era bastante impossível, pois eu me mantinha alerta, sabendo-o homem pronto a tudo. Por fim, tive pena de sua aflição. Acusando a mim mesmo, como da pior traição, do roubo que o amor havia feito a ele, fui procurá-lo, supliquei-lhe, e prometi-lhe todas as reparações que ele quisesse exigir. Assegurei-lhe que minha aventura não surpreenderia a nenhum dos que experimentaram a violência do amor e conhecem a que abismos as mulheres, desde a origem do mundo, sempre precipitaram os grandes homens. Para acabar de abrandá-lo, ofereci-lhe uma satisfação que ultrapassava todas as suas esperanças: esposaria aquela que eu havia seduzido, com a única condição de que o casamento fosse mantido em segredo, para não prejudicar minha reputação. Ele aceitou, empenhou sua fé e a dos seus. Selou com beijos a reconciliação que eu lhe pedia. Era para melhor me trair.

Fui então até a Bretanha e trouxe minha amante, com a intenção de torná-la minha mulher. Mas ela não aprovou meu projeto. Alegava duas razões para me desviar de um tal casamento: o perigo que eu corria, e a desonra que não deixaria de atrair contra mim. Ela jurava que nenhuma satisfação acalmaria seu tio. Foi o que constatei em seguida. Que glória poderia eu tirar, perguntava-me ela, de um passo tão pouco glorioso, tão humilhante tanto para ela quanto para mim? Que expiação o mundo não se veria no direito de exigir dela, que lhe roubava um luminar tão grande? Que maldições tal casamento não suscitaria, que prejuízo não acarretaria para a Igreja, que lágrimas não custariam aos filósofos! Que indecência, que miséria me ver, a mim, um homem formado pela natureza para o bem da criação inteira, escravizado ao jugo vergonhoso de uma única mulher!

Ela repelia violentamente a idéia de uma união em que não via para mim senão ignomínia e carga inútil. Apresentava-me uma após outra a infâmia e as dificuldades do estado conjugal que o apóstolo nos exorta a evitar: "És livre de ligação feminina? Não procures mulher. Se o homem toma uma, não peca; nem a virgem, se ela se casa. Entretanto, um e outro serão submetidos às tribulações da carne, das quais vos quero poupar." E mais adiante: "Quero que estejais sem inquietude." Se eu negligenciava, dizia-me Heloísa, os conselhos do apóstolo e as exortações dos santos sobre os entraves do casamento, ao menos devia ouvir as lições dos filósofos. Que eu considerasse então o que eles escreveram sobre o assunto, e os ensinamentos que deles foram tirados, que os próprios santos tiraram dos exemplos de suas vidas. Heloísa me lembrava a passagem em que São Jerônimo, no primeiro livro *Contra Joviniano*, relata que Teofrasto, depois de ter enumerado os tédios intoleráveis do casamento, os cuidados perpétuos, demonstra que o sábio não deve se casar: "Que cristão", conclui o doutor santo, "Teofrasto não confundiria com esse raciocínio?" No mesmo livro, São Jerônimo cita ainda Cícero que, incitado por Hircius a esposar a irmã deste depois do repúdio de Terência, a tal se recusou de maneira formal, não podendo dar seus cuidados, afirmava, simultaneamente a uma mulher e à filosofia. Cícero declara literalmente: "Não querendo nada empreender que pudesse entrar em concorrência com o estudo da filosofia..." O sentido é o mesmo.

"Mas deixemos de lado", dizia ainda Heloísa, "o obstáculo que constitui a filosofia. Pensa na situação em que uma aliança legítima te meteria: qual a relação entre os trabalhos da escola e os cuidados de um lar, entre uma escrivaninha e um berço, um livro e uma roca de fiar, um estilete ou uma pena e um fuso? Quem, então, meditando a Escritura ou os problemas da filosofia, suportaria os vagidos de um recém-nascido, as canções da ama que o embala, a multidão barulhenta dos servos e servas, a sujeira habitual da infância? Os ricos o podem, me responderá. Sem dúvida, pois seus palácios, suas vastas casas têm apartamentos reservados; sua opulência os coloca ao abrigo das preocupações de dinheiro e das solicitações quotidianas, mas a condição dos filósofos é bem diferente, e aquele que busca a fortuna ou aplica seus cuidados às coisas desse mundo não se entrega aos estudos teológicos nem à filosofia. Eis porque os maiores filósofos da antiguidade desprezavam o mundo. Deixando, ou antes fugindo ao século, eles se proibiam toda espécie de volúpia e somente descansavam no seio da filosofia. Sêneca, um dos maiores dentre eles, declara, em suas *Cartas a Lucilius*: 'Não é em horas esparsas que podemos dedicar-nos à filosofia:

devemos tudo negligenciar para entregar-nos a ela. Jamais lhe consagraremos tempo em demasia. Abandoná-la um momento é abandoná-la completamente. Ela não fica a nos esperar no ponto em que a deixamos. É-nos necessário resistir a qualquer outra preocupação e, longe de nós ampliar nosso raio de atividade, afastar de nós o que não é essencial.' Os mais nobres entre os filósofos pagãos sacrificaram, por amor à filosofia, aquilo mesmo que os monges dignos desse nome sacrificam hoje em dia por amor de Deus. Não se encontra povo, entre os gentios, os judeus ou os cristãos, que não tenha conhecido personalidades eminentes pela fé ou pela honestidade dos costumes, que uma continência ou uma austeridade singulares não os distinguisse assim da multidão. Na antigüidade judaica, os nazarenos consagravam-se a Deus segundo a lei. O Antigo Testamento, segundo o testemunho de São Jerônimo, nos descreve como verdadeiros monges os Filhos dos profetas, sectários de Eli ou de Eliseu. Da mesma forma, mais tarde, essas três seitas de filósofos que no livro XVIII das *Antigüidades*, Josefe distingue sob os nomes de Fariseus, Saduceus e Essênios. Os monges, em nosso século, seguem o exemplo dos apóstolos, levando uma vida comunitária, ou de João Batista, imitando sua solidão.

"Entre os pagãos, os filósofos de que falávamos levavam uma existência semelhante. Aplicavam o nome de 'sabedoria' e de 'filosofia' menos à inteligência da verdade do que à austeridade da conduta: a etimologia dessas palavras no-lo atesta, da mesma maneira que o testemunho dos santos. Assim, estabelece Santo Agostinho, no livro VIII de *A Cidade de Deus*, sua classificação das seitas filosóficas: 'A escola italiana teve por fundador Pitágoras de Samos, que passa por ter criado a palavra *filosofia*. Antes dele, chamavam-se *sábios* os homens que, pela excelência de sua vida, se distinguiam de todos os outros. Um dia, interrogado sobre sua profissão, ele respondeu que era filósofo, quer dizer, zelador ou amigo da sabedoria, julgando presunçoso declarar-se sábio.' 'Os que pela excelência de sua vida distinguiam-se entre todos os outros': esta expressão indica claramente que os sábios pagãos, os filósofos, deveram tal nome mais à sua conduta do que à sua ciência. Não cabe a mim, concluía Heloísa, citar exemplos de sua austeridade, e não quero ter ares de dar lição a Minerva. Mas se leigos e gentios viveram assim, sem estarem presos a qualquer profissão religiosa, que farás tu, que és clérigo e cônego? Vais tu, a teu ministério sagrado, preferir prazeres vergonhosos, cair de Cila em Caribde, mergulhar-te irrevogavelmente num abismo de obscenidade? Se desconheces os deveres do clérigo, preserva ao menos a dignidade do filósofo. Se desprezas a majestade divina, que ao menos o sentimento da honra freie tua imprudência. Lembra que Sócrates foi casado, e por que suplício expiou essa mancha contra a filosofia, como por tornar, por seu exemplo, os homens mais prudentes no futuro. Esse ponto não escapou a São Jerônimo, que o relata em seu primeiro livro *Contra Joviniano*: 'Um dia em que Sócrates quis fazer frente às injúrias que Xantipa lhe lançava de um andar superior, ele se sentiu subitamente molhado de água suja. — Eu bem sabia, disse ele, que essa trovoada traria chuva.' "

De maneira mais pessoal, Heloísa acrescentava que seria perigoso para mim trazê-la a Paris; quanto a ela, preferia o título de amante ao de esposa, e o considerava mais honroso para mim: ela estaria ligada a mim apenas pela ternura, não pela força do laço nupcial. Nossas separações temporárias tornariam os raros instantes de reunião tanto mais doces. Mas, finalmente, vendo que seus esforços para me convencer e me dissuadir abortavam contra minha loucura, e não ousando contrariar-me frontalmente, terminou com estas palavras, entrecortadas de suspiros e lágrimas: "Então não nos resta senão uma coisa a fazer para nos perder a ambos e para que a um tão grande amor suceda uma dor igualmente grande."

O mundo inteiro o reconheceu em seguida, o espírito de profecia a tocou naquele dia.

Recomendamos então a minha irmã nosso pequeno filho e retornamos secretamente a Paris. Alguns dias mais tarde, depois do ofício da noite numa igreja solitária, recebemos à aurora, na presença do tio de Heloísa e de alguns amigos dela e meus, a bênção nupcial. Depois nos retiramos discretamente cada um para seu lado, e a partir de então não tivemos senão entrevistas raras e furtivas, a fim de dissimular o mais possível nossa união.

No entanto Fulbert e as pessoas de sua casa procuravam sempre uma oportunidade de se vingar de mim. Puseram-se a divulgar nosso casamento, violando assim o juramento que me haviam feito. Heloísa protestava violentamente o contrário, que nada era mais falso. Fulbert, exasperado, a maltratou várias vezes. Tendo sabido disso, enviei minha mulher para uma abadia de religiosas reclusas, em Argenteuil, perto de Paris. Lá ela crescera e recebera a instrução elementar. Fi-la vestir, com exceção do véu, o hábito próprio do voto monástico. Quando a notícia chegou a seu tio e à sua família, eles pensaram que eu lhes havia pregado uma peça e que fizera Heloísa entrar no convento apenas para me desembaraçar dela. Cedendo à indignação e à cólera, formaram um complô contra mim. Certa noite, um dos meus servidores, comprado a preço de ouro, introduziu-os no quarto retirado onde eu dormia, e eles me fizeram sofrer a vingança mais cruel, a mais vergonhosa e que todo o mundo conheceu com estupefação: amputaram-me as partes do corpo com as quais eu cometera o delito de que se queixavam. Fugiram. Dois dentre eles puderam ser presos; foram condenados à perda da visão e à castração. Um desses infelizes era o servidor de quem falei e que, dedicado à minha pessoa, por cupidez se deixara corromper.

Na manhã seguinte, toda a cidade acorreu à minha casa. Não saberia descrever o estupor geral, as lamentações, os gritos com que me fatigaram, as queixas que me atormentaram. Os clérigos, sobretudo, e meus alunos mais particularmente, me torturaram: suas recriminações, seus gemidos me eram intoleráveis. Sofria de sua piedade mais ainda do que de meu ferimento. Sentia minha vergonha mais ainda do que a mutilação. A confusão me abatia mais ainda do que a dor. Algumas horas antes eu gozava de uma glória incontestável. Um instante havia sido suficiente para rebaixá-la, talvez para destruí-la! O julgamento de Deus me batia com justiça na parte do meu corpo que havia pecado. Aquele que eu traíra infligia-me, por sua traição, justas represálias. Que satisfação os que me invejavam iriam manifestar de um tratamento tão eqüitativo! Que tristeza sentiriam meus parentes e meus amigos pelo golpe que me abatia! Como consolá-los? A história de minha infâmia se espalharia pelo universo. Para onde ir de hora em diante? Como reaparecer em público, quando todos me apontariam com o dedo, me estraçalhariam com sua maledicência? Não seria para o mundo senão um monstruoso espetáculo. Mas não me sentia menos confuso ao pensar na abominação em que, segundo a letra mortífera da lei, os eunucos são tidos perante Deus: com efeito, todo macho reduzido a esse estado, pela ablação ou lesão das partes viris, é visto como um ser fétido e imundo, afastado da Igreja; os próprios animais castrados não são aceitos para o sacrifício. "O animal cujos testículos foram lesados, esmagados, cortados ou arrancados não será oferecido ao Senhor", diz o *Levítico*. E o *Deuteronômio*, no capítulo XXIII: "O eunuco, cujos testículos tiverem sido esmagados ou amputados, não entrará na assembléia de Deus." No abatimento de uma tal miséria, a vergonha, eu o confesso, mais do que uma verdadeira vocação, me levou para a sombra de um claustro. Heloísa, segundo minha ordem, e com uma completa abnegação, já havia tomado o véu e pronunciado os votos.

Recebemos ao mesmo tempo o hábito religioso: eu na abadia de Saint-Denys, e ela no monastério de Argenteuil. Movidos de compaixão, a maior parte de seus superiores quis isentá-la das observâncias mais rigorosas da regra, que deviam ser, para sua pouca idade, um fardo intolerável. Ela respondeu citando, com uma voz entrecortada pelos soluços, as lamentações de Cornélia:

Ó grande esposo,
Nobre demais para o meu leito! Meu destino
Tinha direitos sobre uma cabeça tão elevada?
　　　　　[Por que te esposei, ímpia,
Se faço tua desgraça? Recebe agora a expiação
À qual me submeto de bom grado.

Pronunciando essas palavras, ela avançou para o altar. Recebeu ali do bispo o véu abençoado e recitou publicamente o juramento da profissão monástica.

Mal sarei do meu ferimento, os clérigos, acorrendo em massa, começaram a importunar nossa abadia, a importunar a mim mesmo com suas súplicas: aquilo que até então eu fizera pela glória e lucro, diziam eles, eu devia de hora em diante continuar a fazer pelo amor de Deus. O talento que o Senhor me confiara me seria cobrado com usura. Até então eu só me ocupara com os ricos; era preciso me dedicar agora à instrução dos pobres. A mão divina me havia atingido, eu bem o sabia, para que, liberto das seduções carnais e da vida tumultuada do século, eu pudesse me entregar mais livremente ao estudo das letras. Deixava de ser o filósofo do mundo para me tornar verdadeiramente o filósofo de Deus.

Na abadia para onde eu me retirara, levava-se uma vida mundana das mais vergonhosas. O próprio abade vinha em primeiro lugar por sua má conduta e infâmia notória, tanto quanto por sua prelatura! Mais de uma vez me manifestei em particular e em público contra um escândalo que me era intolerável, e tornei-me supremamente odioso para todo o mundo. Por isso, as instâncias quotidianas dos meus discípulos foram acolhidas com alegria: serviram para me afastar. O abade e os irmãos intervieram de tal forma junto a mim que, cedendo a tantas solicitações, me retirei para um priorado, onde retomei meu ensino. Uma multidão tão grande de alunos me seguiu, que o lugar não era suficiente para abrigá-los, nem a terra para alimentá-los. De acordo com minha profissão religiosa, consagrei-me sobretudo à teologia. Não repudiei, entretanto, inteiramente o estudo das artes liberais, de que tinha um grande costume e que meus ouvintes exigiam de mim. Servi-me dessa disciplina como de um anzol para os atrair, dando-lhes uma espécie de antegosto filosófico das especulações da verdadeira filosofia. Segundo a *História eclesiástica*, Orígenes, o maior dos grandes filósofos cristãos, empregou o mesmo método.

O Senhor não me havia dotado menos para a teologia do que para a ciência profana: assim o número dos meus ouvintes, em um e outro curso, aumentou rapidamente, enquanto as outras escolas ficavam vazias. Eu provocava inveja. O ódio dos meus concorrentes se desencadeou. Eles se propuseram a me denegrir na medida do possível. Dois dentre eles, sobretudo, aproveitando-se de meu afastamento, não cessavam de alegar contra mim que a profissão monástica é incompatível com o estudo das obras profanas, e que era presunçoso de minha parte ensinar teologia sem estar coberto pela autoridade de um mestre. Seu desígnio era fazer com que me fosse proibido o exercício de todo magistério. Tenazmente, faziam intrigas nesse sentido junto aos arcebispos, abades e toda a hierarquia eclesiástica.

Propus-me um dia a discutir o princípio fundamental de nossa fé com a ajuda de analogias racionais. Meus alunos exigiam quanto a esse ponto uma argumentação humana e filosófica e, não se contentando com palavras, queriam demonstrações; "Os discursos, com efeito, diziam-me eles, são supérfluos se escapam à inteligência; não se pode crer sem antes ter compreendido, e é ridículo pregar aos outros aquilo que não se sabe melhor que eles; o próprio Senhor condena os 'cegos que conduzem a outros cegos' ". Escrevi então para eles um tratado de teologia, *Da Unidade e da Trindade divinas*.

Esse tratado foi visto, muitas pessoas o leram, e ele agradou em geral, pois parecia responder a todas as questões relativas ao assunto. Essas questões passavam por particularmente árduas, e quanto mais se reconhecia sua gravidade, mais se admirava a sutileza de minhas soluções. Meus rivais, furiosos, reuniram contra mim um concílio. Os principais dentre eles eram meus dois antigos inimigos, Albéric e Lotulphe, que, desde a morte de nossos mestres comuns, Guillaume e Anselmo, aspiravam a suceder sozinhos e a reinar como únicos herdeiros. Os dois mantinham uma escola em Reims. Por suas sugestões repetidas, convenceram seu bispo, Raul, por intermédio de Conan, bispo de Préneste, então legado pontifício na França, a reunir na cidade de Soissons uma pequena assembléia que foi batizada de concílio. Fui convidado a me apresentar ali, com minha famosa obra.

Eu me desempenhei. Antes da minha chegada, meus dois inimigos me difamaram de tal forma junto ao clérigo e ao povo que eu e alguns alunos que me acompanhavam fomos apedrejados pela multidão durante o primeiro dia de nossa estada na cidade. Essa população repetia as calúnias que lhe haviam ensinado: eu teria ensinado e escrito que existem três Deus!

Fui ter imediatamente com o legado e lhe entreguei minha obra para que ele tomasse conhecimento e formasse uma opinião. Declarei-me pronto, se escrevera o que quer que fosse incompatível com a fé católica, a me corrigir ou a fazer reparação. O legado ordenou-me a submeter sem demora o livro ao arcebispo e aos meus acusadores. Fora assim abandonado ao julgamento daqueles mesmos que me haviam incriminado. A palavra da Escritura se cumpria assim no meu caso: "E nossos inimigos são nossos juízes."

Eles examinaram várias vezes, viraram e reviraram meu tratado, mas nada encontraram nele que ousassem levantar contra mim na audiência. Adiaram para o fim do concílio a condenação que desejavam obter. Quanto a mim, consagrei os dias que precederam essa audiência a expor em público a doutrina católica, segundo o método empregado em meu livro. A carta dos meus comentários, não menos que seu espírito, atraiu a admiração de todos os meus ouvintes. Diante desse espetáculo, o povo e os clérigos começaram a dizer: "Eis que ele fala à multidão, ninguém se opõe a ele. O concílio, que se dizia reunido principalmente contra ele, chegou ao fim. Teriam os juízes reconhecido que se enganaram e que não é ele que está em erro?"

A irritação de meus inimigos aumentou ao ouvirem esses rumores. Um dia, recebi a visita de Albéric, acompanhado de alguns de seus discípulos. Queria me armar uma cilada. Depois de algumas trocas de gentilezas, declarou-me que uma certa passagem de meu livro não havia deixado de espantá-lo: uma vez que Deus engendrou Deus, e que de outra parte não há senão um Deus, por que eu negava que Ele tivesse se engendrado a Si mesmo?

— Se realmente o quereis — repliquei —, posso demonstrar racionalmente esta tese.

— Sobre tais assuntos — disse ele —, nós recusamos a razão humana e nosso sentimento, e nos atemos ao princípio de autoridade.

— Voltai à obra — respondi. — Encontrareis a autoridade.

Tínhamos à mão o exemplar que ele havia trazido. Saltei sobre o texto em questão: ele não o tinha visto, talvez porque buscasse unicamente os que podiam me prejudicar. Deus me permitiu encontrar de imediato o parágrafo que eu queria. Nele eu citava Santo Agostinho, no primeiro livro *Da Trindade*: "Aquele que atribui a Deus a potência de se ter engendrado a si mesmo comete um grave erro. Tal proposição é falsa não apenas com relação a Deus mas também a todo ser espiritual ou corporal, pois nada se engendra a si mesmo." Assim que ouviram essa citação, os discípulos de Albéric coraram de estupefação. Quanto a ele, tentou uma defesa mesquinha: "Trata-se", disse ele, "de bem compreender." Observei-lhe que essa afirmação nada tinha de novo, e que de resto pouco importava, pois que ele pedia um texto e não um sentido. Se, ao contrário, queria discutir o sentido e invocar o raciocínio, eu estava pronto a lhe demonstrar, por suas próprias palavras, que ele caía na heresia segundo a qual o Pai é ele mesmo seu Filho. A essas palavras, ele se tornou furibundo, passou às ameaças, e declarou que nem minhas razões nem minhas autoridades salvariam minha causa. A seguir retirou-se.

No último dia do concílio, antes da abertura da sessão, o legado e o arcebispo tiveram uma longa conversa com meus inimigos e algumas outras pessoas: o que decidir a meu respeito, e quanto ao assunto do meu livro, principal objeto da convocação? Nem minhas palavras nem o escrito que eles tinham sob os olhos lhes forneciam motivos suficientes. Houve um silêncio geral; meus detratores cediam, quando Geoffroy, bispo de Chartres, que por seu renome de santidade como pela importância de seu posto ocupava um lugar eminente entre os demais bispos, fez a seguinte preleção: "Vós todos, senhores, bem o sabeis: por sua ciência, seja ela qual for, e pelo gênio que mostrou em todas as suas especulações, este homem conquistou partidários numerosos e fiéis. Obnubilou a glória de seus mestres e dos nossos, e sua vinha, por assim dizer, lança seus ramos de um mar a outro. Se o condenais por imperfeição, o que não penso, essa condenação, fosse ela justa, não deixaria de ferir muitas pessoas e lhe suscitaria defensores, ainda mais que nada encontramos em sua obra que pareça um ataque aberto. São Jerônimo afirma que a força, quando se manifesta em plena luz do dia, atrai inveja.

*E o raio atinge
o cume das montanhas.*

"Guardai-vos portanto de aumentar ainda mais com vossas violências o seu renome; a malevolência pública poderia prejudicar mais a nós, os juízes, do que nossa justiça a ele. O próprio São Jerônimo no-lo atesta: 'Um falso rumor é logo sufocado, e o fim de uma vida permite julgar seu começo.' Mas se desejais agir contra Abelardo de forma canônica, exibi em plena assembléia sua doutrina e seu livro, interrogai-o, deixai-o responder livremente, e convencei-o do erro ou reduzi-o ao silêncio, levando-o a confessar sua falta. Seguireis assim o princípio enunciado pelo bem-aventurado Nicodemos que, desejando salvar Nosso Senhor, declarou: 'Desde quando nossa lei julga um acusado sem primeiro tê-lo ouvido e sem tê-lo inquirido de seus atos?' "

Esse discurso desagradou a meus inimigos. "Oh! o sábio conselho!" gritaram. "Deveríamos lutar contra a facúndia desse indivíduo cheio de argúcias e sofismas a quem o mundo inteiro não saberia resistir!" Certamente, mas era ainda mais difícil lutar contra o próprio Cristo, que Nicodemos, apesar de tudo, em nome da lei, propunha que deixassem se explicar à audiência!

Geoffroy, não podendo induzi-los a aceitar sua proposta, tentou um outro meio para refrear seu ódio. Assegurou que o pequeno número de pessoas presentes era insuficiente para sustentar uma disputa de tal gravidade. A causa exigia um exame mais extenso. Aconselhou então a meu abade, que participava da reunião, a me conduzir de volta ao convento de Saint-Denys. Ali, seria convocada uma assembléia mais numerosa e mais esclarecida, que, após um exame maduro, deliberaria sobre o partido a tomar. O legado aprovou a segunda proposta, que foi aceita unanimemente; depois levantou-se para ir rezar sua missa antes da sessão do concílio e me fez transmitir por Geoffroy a autorização que me era dada de retornar ao meu convento para ali aguardar a nova convocação.

Nesse meio tempo, meus inimigos refletiram que eles seriam impotentes contra mim se a causa fosse julgada fora de sua diocese, num lugar onde não teriam o direito à justiça. Pouco confiantes num tal julgamento, persuadiram o arcebispo de que seria desonroso para ele que eu fosse designado a outro tribunal, sendo perigoso me deixar escapar assim. Logo depois correram ao legado, fizeram-no mudar de parecer e o levaram a contragosto a condenar, sem exame, minha obra, a lançá-la publicamente ao fogo no mesmo dia, e a decretar contra mim a reclusão perpétua num monastério afastado. Afirmavam que a condenação estava bastante justificada, pelo simples fato de que eu havia deliberado, sem considerar o papa ou a Igreja, ler meu livro em público e dá-lo a copiar a diversas pessoas. Seria muito útil à fé cristã prevenir, por esse exemplo, outras iniciativas do gênero. O legado não possuía a instrução que teria sido necessária a suas funções. Ele seguia em tudo os conselhos do arcebispo, como este seguia meus acusadores.

O bispo de Chartres tomou conhecimento dessas intrigas. Fez com que eu soubesse delas de imediato, e me incitou vivamente a mostrar tanto maior doçura quanto mais a violência de meus inimigos era manifesta. A explosão de seu ódio, dizia-me ele, não poderia senão prejudicá-los e — eu não devia duvidar — me seria útil para um contragolpe. Quanto à reclusão, não deveria me inquietar muito, sabendo que o próprio legado, que agia sob coação, não deixaria de me libertar poucos dias depois de sua partida. Foi assim que ele me consolou e nós misturamos nossas lágrimas.

Convocado ao concílio, apresentei-me imediatamente. Então, sem discussão, sem exame, obrigaram-me a lançar, com minhas próprias mãos, meu livro ao fogo. Enquanto queimava, em meio ao silêncio geral, um de meus adversários murmurou subitamente ter notado uma passagem que afirmava que somente Deus Pai é todo-poderoso. O legado o ouviu, espantou-se e respondeu que uma tal asserção era inverossímil: nem mesmo uma criança cairia nesse erro, pois que a fé comum tem e professa que há três todo-poderosos. A essas palavras, um certo mestre Thierry lembrou ironicamente o texto de Santo Atanásio: "Não obstante não há três todo-poderosos, mas apenas um." Seu bispo se pôs a grunhir, acusou-o de lesa-majestade. Mas Thierry insistiu e, citando Daniel, exclamou: "Assim, então, filhos insensatos de Israel, sem buscar a verdade vós condenais um filho de Israel. Retomai o julgamento, e julgai o próprio juiz que instituístes para a conservação da fé e a correção do erro e que, ao pronunciar seu veredicto, condenou a si mesmo! A misericórdia divina fez brilhar hoje a inocência do acusado: libertai-o, como outrora o fez Suzana, de seus caluniadores." O arcebispo então se levantou, para confirmar, modificando os termos segundo as necessidades do momento, a opinião do legado: "Monsenhor", disse ele, "é certo que o Pai é todo-poderoso, o Filho todo-poderoso, o Espírito Santo todo-poderoso. Fora dessa fé não há senão heresia, e o herege deve ser condenado ao silêncio. Entretanto, se vós o permitis, seria bom que o irmão Abelardo nos expusesse publicamente sua doutrina a fim de que se pudesse, segundo convier, aprová-la, rejeitá-la, ou corrigi-la."

Levantei-me para confessar minha fé e expor minhas teorias. Tinha a intenção de me exprimir em termos pessoais, mas meus adversários declararam que bastava eu recitar o símbolo de Atanásio. A primeira criança que ali chegasse poderia tê-lo feito da mesma forma. Para que me fosse possível alegar ignorância, como se esse texto não me fosse familiar, fizeram vir uma cópia, que eu devia ler. Li, entre os suspiros, os soluços e as lágrimas, como pude. Depois me entregaram, culpado confesso, ao abade de Saint-Médard, que estava presente, e fui conduzido a seu convento como a uma prisão. Em seguida, o concílio foi dissolvido.

O abade e os monges de Saint-Médard, pensando que eu permaneceria a partir daquele momento entre eles, me acolheram com a maior alegria e se esforçaram em vão, com mil atenções, para me consolar. Meu Deus, tu que julgas a retidão dos corações, tu o sabes, a dor e o amargor de minha alma foram tais que na minha loucura me revoltei contra ti, acusava-te com fúria, repetindo sem cessar a lamentação de Santo Antônio: "Ó bom Jesus, onde então estavas tu?" Uma dor atroz, minha confusão, minha vergonha, as perturbações de meu desespero, tudo o que senti então é-me impossível vo-lo descrever. Comparava o suplício corporal que me fora infligido anteriormente às provações que me eram agora impostas. Eu me julgava o mais miserável dos homens. O atentado cometido por Fulbert parecia-me pouca coisa em relação a essa nova injustiça, e eu lamentava mais o estigma do meu nome que o do meu corpo. Este não era senão a conseqüência merecida de uma falta; aquele não tinha por causa, em sua violência revoltante, senão a sinceridade e o amor da fé que me haviam levado a escrever.

Esse ato de crueldade e arbitrariedade provocou a indignação de todos aqueles que dele tomaram conhecimento, e os autores se lançavam mutuamente a responsabilidade. Meus próprios rivais negavam ter tomado a iniciativa e o legado queixava-se em público, a esse respeito, da violência das iras francesas. Ele fora obrigado a satisfazê-las, provisoriamente; mas, ao fim de alguns dias, ele me tirou dessa abadia estrangeira e me enviou de volta a Saint-Denys. A maior parte dos monges, já o disse, eram ali há muito tempo meus inimigos. As torpezas de suas vidas e suas familiaridades escandalosas tornavam suspeito a seus olhos um homem de quem tinham que suportar as censuras.

Poucos meses se passaram antes que o acaso lhes desse a oportunidade de me perder. Um dia, durante uma leitura, dei com uma passagem do comentário de Bède sobre os *Atos dos Apóstolos*, no qual o autor afirmava que Denys, o Areopagita, era bispo de Corinto e não de Atenas. Essa opinião contrariava vivamente os irmãos, pois eles se gabavam de que seu fundador, que a *Vida* dá como um antigo bispo de Atenas, fora justamente o Areopagita. Comuniquei, por brincadeira, a alguns dos que me cercavam o texto que acabara de descobrir, e que nos fazia assim objeção. Mas eles redargüiram com indignação que Bède era um impostor e que eles tinham por mais digno de fé o testemunho de seu abade Hilduin, o qual, após realizar por toda a Grécia uma longa pesquisa sobre este assunto, havia reconhecido a exatidão do fato, e, em sua *História de Denys, o Areopagita*, afastara essa última dúvida. Um deles pediu, como uma instância inoportuna, minha opinião sobre esse litígio de Bède e de Hilduin. Respondi que a autoridade de Bède, cujos escritos são aceitos em toda a Igreja latina, me parecia mais correta. Minha réplica os excitou. Recomeçaram a levantar a voz. Eu provava assim, gritavam eles, que eu sempre fora a calamidade de seu monastério, e agora atentava contra a glória do reino inteiro, uma vez que, negando que o Areopagita fosse seu patrono, eu lhes roubava a honra que mais eles prezavam. Respondi que não havia negado nada, que de resto pouco importava que seu patrono fosse do Areópago ou de outro lugar, uma vez que havia recebido de Deus uma coroa tão bela! Correram para junto do abade a fim de lhe repetir aquilo que me haviam feito dizer. O abade ficou todo feliz por encontrar assim uma oportunidade de me prejudicar. Na verdade, ele me temia mais que os outros, uma vez que seus costumes eram ainda piores do que os dos monges.

Ele reuniu então seu conselho e, na presença da comunidade, dirigiu contra mim ameaças violentas; declarou que em breve me enviaria ao rei, a fim de que este se vingasse de um assunto perigoso para a glória do reino e para a coroa. Ordenou que me vigiassem de perto enquanto não fosse remetido para a justiça real. Ofereci submeter-me à regra disciplinar da ordem, se fosse verdade que eu tivesse cometido um delito. Em vão. Fui então tomado de horror por sua maldade; a sorte já me havia tanto torturado que cedi ao desespero. Parecia que todo o mundo conspirava contra mim. Com a ajuda de alguns irmãos movidos de piedade, e de alguns dos meus alunos, fugi secretamente de noite e me refugiei numa terra do conde Thibaut, situada nas vizinhanças e onde outrora eu tivera meu priorado. Eu conhecia um pouco o próprio conde; ele tomara conhecimento de minhas infelicidades e se solidarizava plenamente. Fixei-me no burgo de Provins, num priorado com cujo superior outrora mal tivera relações. Esse homem me amava bastante: recebeu-me com alegria e me tratou da melhor forma possível.

Um dia, tendo o abade de Saint-Denys algum assunto a tratar com o conde, veio vê-lo em Provins. Ao saber disso, apresentei-me ao conde, acompanhado do prior; supliquei-lhe que interviesse em meu favor junto ao abade, e obtivesse meu perdão, bem como a permissão para que eu vivesse monasticamente em algum lugar de minha escolha. O abade e sua comitiva deliberaram sobre a questão: eles dariam sua resposta ao conde antes de partir. Desde o início da discussão, consideraram o fato de que era minha intenção mudar de abadia. Seria desonroso para eles; na verdade, eles se vangloriavam do fato de eu me ter retirado em sua comunidade, como se nenhum outro convento fosse digno de me abrigar: que afronta iria eu lhes agora fazer, abandonando-os para passar para outros! Foram surdos aos meus argumentos e aos do conde. Ameaçaram mesmo me excomungar se eu não voltasse imediatamente. Quanto ao prior junto a quem buscara asilo, eles lhe proibiram formalmente me abrigar por mais tempo, sob pena de ser incluído na mesma excomunhão. Esta decisão nos inquietou bastante, ao prior e a mim. O abade mostrou-se obstinado e partiu sem mudar de parecer. Ora, poucos dias depois, ele morreu. Com o apoio do bispo de Meaux, supliquei a seu sucessor que considerasse meu pedido. De início ele hesitou, mas alguns de meus amigos intervieram e apresentaram um requerimento ao conselho do rei: obtive assim o que desejava. Etienne, arauto do rei, fez vir o abade e seus conselheiros. Perguntou-lhes por que queriam me reter contra minha vontade: eles se expunham assim a um escândalo inútil, uma vez que meu gênero de vida era incompatível com o deles. Eu sabia que no conselho do rei fora manifestada a intenção de frear por um controle mais estrito a irregularidade dos costumes da abadia, e por medidas fiscais seu apego aos bens temporais. Eu contava, por essa razão, que o rei e os seus me apoiariam. Assim aconteceu.

Entretanto, com medo de roubar ao convento de Saint-Denys a honra que este tirava de meu nome, submeteu-se a uma condição meu direito de escolher um refúgio: eu não deveria me colocar sob a dependência de outra abadia. Este acordo foi concluído e regulamentado na presença do rei e de sua corte. Retirei-me para o território de Troyes, numa região deserta que eu conhecia. Algumas pessoas me cederam um terreno onde, com o consentimento do bispo, construí uma capela de caniço e de palha, que dediquei à Santíssima Trindade. Ali me escondi com um dos meus antigos discípulos. Podia dizer em toda verdade ao Senhor: "Eis que me afastei pela fuga, e que habitei na solidão."

A partir do momento em que tomaram conhecimento do meu refúgio, os alunos começaram a acorrer de todas as partes. Abandonando cidades e castelos, eles se embrenhavam no deserto; deixando suas casas confortáveis, vinham construir para si pequenas cabanas onde as ervas dos campos e o pão grosseiro tomavam o lugar de iguarias mais delicadas; a palha e o musgo substituíam para eles a doçura dos leitos; amontoavam torrões de terra que lhes serviam de mesa. Eles pareciam imitar os antigos filósofos a respeito de quem São Jerônimo escreveu, no segundo livro *Contra Joviniano*: "Os vícios penetram na alma pelos sentidos como por janelas. A metrópole e a cidadela da alma são inexpugnáveis, enquanto o exército inimigo não forçou suas entradas. Mas quem se compraz com os jogos do circo, com os combates de atletas, com as gesticulações de histriões, com a beleza das mulheres, com o esplendor de pedras preciosas, de tecidos e de todo esse luxo, perdeu a liberdade de espírito, pois sua alma está invadida pelas janelas dos olhos. A palavra do profeta cumpre-se então: 'A morte entrou por vossas janelas.' Desde que por essas aberturas o inimigo penetra na fortaleza de nossa alma, onde se refugia sua liberdade? Onde sua coragem? Onde o pensamento de Deus? Mais ainda: se a imaginação representa os prazeres passados, a lembrança de ações perversas constrange o espírito a nela se comprazer e a tornar-se culpado mesmo que não as cometa." É por isso que numerosos filósofos preferem se afastar da turbulência das cidades, e abandonar mesmo esses jardins de prazer onde a frescura dos terrenos orvalhados, a folhagem das árvores, o pipilar dos pássaros, as fontes luzentes, o murmúrio dos riachos e tantas outras delícias solicitam o olhar e o ouvido: eles temem que o luxo ou a abundância amoleçam sua força de espírito e manchem sua pureza. Com efeito, para que se expor a tantos espetáculos sedutores e a experiências das quais nasceria a tirania do hábito? Para evitar essas tentações, os pitagóricos viviam na solidão e nos desertos. O próprio Platão, que era rico e cujo leito Diógenes pisou com seus pés enlameados, escolheu para se dedicar à filosofia a casa de campo de Academos, afastada da cidade, e não apenas solitária, mas situada numa região pestilenta: seria preciso, pensava ele, manter ali uma luta incessante contra a doença que quebraria os atrativos da paixão, de forma que os discípulos ali não experimentassem outro prazer senão o que tirassem do estudo. Os Filhos dos profetas, sectários de Eliseu, adotaram um gênero de vida semelhante. São Jerônimo, que os considerava como os monges desse tempo, fala deles em sua epístola a Rusticus: "Os Filhos dos profetas, diz ele, que o Antigo Testamento nos pinta como monges, construíam choupanas ao longo do Jordão, abandonavam as cidades e suas multidões, e se alimentavam de grão moído e de ervas selvagens."

Meus discípulos agiam da mesma maneira. Eles edificavam suas cabanas sobre as margens de um pequeno rio, chamado Arduzon, e, pela vida que levavam, pareciam mais ermitões do que estudantes. Quanto mais sua afluência se tornava considerável, mais a existência à qual eu os constrangia era dura, mais meus rivais sentiam crescer minha glória e sua própria vergonha. Eles haviam feito de tudo para me lesar, e se lamentavam de tudo ver tornar a meu favor. Segundo a palavra comum de São Jerônimo e de Quintiliano, o ódio veio me repreender, longe da cidade, longe da praça pública, dos processos e das multidões. Meus inimigos se queixavam e gemiam em seu coração. "Eis que todo o mundo o segue, se diziam eles. Nossas perseguições foram inúteis; elas antes aumentaram sua glória. Queríamos sufocar seu nome; o fizemos resplender. Estudantes, que, nas cidades têm à mão todo o necessário, desdenhosos dos confortos urbanos, vão buscar privações no deserto e abraçam voluntariamente uma vida miserável."

Apenas minha extrema pobreza me levou a abrir uma escola. Não tinha mais forças para lavrar a terra e corava de mendigar. À falta de trabalho manual, precisei lançar mão da arte em que era perito: servi-me da palavra. Meus alunos supriam, em troca, as minhas necessidades materiais: alimento, roupas, cultivo dos campos, construção, de forma que os cuidados domésticos não me distraíam em absoluto do estudo.

Como nossa capela não bastasse mais para abrigar senão uma pequena parte deles, viram-se na necessidade de aumentá-la. Construíram-na de forma mais sólida, em madeira e em pedra. Ela fora fundada em nome da Trindade, e dedicada a esse mistério. Eu chegara ali fugitivo e já desesperado, mas ali respirara a graça do consolo divino; também em memória desse benefício a chamei de "o Paracleto". Muitas pessoas se espantaram com essa denominação, algumas a atacaram com violência, sob o pretexto de que não era permitido consagrar uma igreja especialmente ao Espírito Santo, nem a Deus Pai: a tradição autoriza apenas uma dedicação ao Filho só, ou à Trindade inteira. Essas críticas provinham de um erro de julgamento: meus caluniadores desconheciam a distinção entre as expressões "Paracleto" e "Espírito paracleto". A própria Trindade, e na Trindade qualquer das três pessoas pode ser chamada Deus, ou Protetor: então pode-se também chamá-lo Paracleto, isto é, o Consolador. Recorro aqui à autoridade de São Paulo: "Bendito seja Deus, Pai do Nosso Senhor Jesus Cristo, Pai das misericórdias e Deus de todo consolo, que nos consola em todas as nossas misérias"; e à palavra mesma da Verdade: "Ele vos dará um outro Paracleto." Nada impede, uma vez que toda igreja é consagrada igualmente em nome do Pai, do Filho e do Espírito Santo, que se dedique a casa do Senhor seja ao Pai seja ao Espírito Santo, como se faz ao Filho. Quem então ousaria apagar de seu frontispício o nome dAquele de quem é a morada?

De resto, o Filho se ofereceu em sacrifício ao Pai, as preces da missa são dirigidas especialmente ao Pai, as hóstias imoladas a Ele; por que então o altar não pertenceria mais particularmente àquele a que dizem respeito mais particularmente a prece e o sacrifício? Não se poderia sustentar que o altar pertence àquele por quem se imola mais do que àquele que é imolado? Ousar-se-ia dizer que ele pertence mais à cruz de Jesus, a seu sepulcro, a São Miguel, São João, São Pedro, ou a qualquer outro santo que não é o objeto da imolação, e a quem não se dirigem nem o sacrifício nem as preces? Mesmo entre os idólatras, os altares e os templos eram colocados sob a invocação única daqueles a quem se ofereciam essas homenagens.

Talvez me pudesse ser replicado que não se deve dedicar ao Pai nem igreja nem altar porque não existe nenhuma festa litúrgica em sua honra. Mas esse raciocínio, que de resto poderia voltar-se contra a Trindade, não é válido a propósito do Espírito Santo, de quem a solenidade de Pentecostes celebra a vinda, como o Natal a do Filho. Da mesma forma como o Filho foi enviado ao mundo, o Espírito Santo o foi aos discípulos, e pode reivindicar uma festa própria.

Parece mesmo, se consultamos a autoridade apostólica e consideramos a operação do Espírito, que há mais razões para dedicar uma igreja a ele do que a qualquer das outras pessoas. De fato, o apóstolo não reserva templo particular senão ao Espírito Santo; ele não menciona em parte alguma "o templo do Pai", nem "o templo do filho", mas emprega a expressão de "templo do Espírito Santo" em sua primeira epístola aos Coríntios: "Aquele que se apega a Deus não é senão um com ele." Depois: "Não sabeis que vossos corpos são o templo do Espírito Santo que está em vós, que vós recebestes de Deus e que não vem de vós?" Os sacramentos divinos distribuídos pela Igreja são, sabe-se, atribuídos especialmente à operação da graça divina, que é o Espírito Santo. No batismo nós renascemos da água e do Espírito Santo, e começamos assim a ser o templo particular de Deus. Para terminar esse templo, a graça nos é conferida pelos sete dons do Espírito, cujos efeitos o ornamentam e o consagram. É, pois, surpreendente que eu tenha dedicado um templo material à pessoa a quem o próprio apóstolo dedica um templo espiritual? A que pessoa uma igreja será mais justamente dedicada do que àquela cuja operação nos administra todos os benefícios da Igreja? De resto, chamado nossa capela o Paracleto, não tive a intenção de consagrá-la a uma única pessoa. Fi-lo pelo simples motivo que vos indiquei: em memória de meu consolo. Se mesmo aquilo de que me acusavam fosse verdadeiro, não teria agido contra a razão, ainda que minha iniciativa fosse estranha ao costume.

Eu estava, de corpo, escondido nesse lugar. Mas minha fama corria o mundo e minha palavra ressoava mais do que nunca, a exemplo daquele personagem poético chamado Eco, sem dúvida porque, dotado de uma voz potente, ele é vazio! Meus antigos rivais, não se sentindo mais com forças para lutar, suscitaram contra mim novos apóstolos em quem o mundo tinha fé. Um deles vangloriava-se de ter renovado a regra dos cônegos regulares; outro, a dos monges. Ambos percorriam o mundo como pregadores, me invectivando com imprudência. Conseguiram dentro de pouco tempo suscitar contra mim o desprezo de várias altas personalidades eclesiásticas e seculares, e espalharam calúnias tais sobre a minha doutrina e minha vida que afastaram de mim um certo número de meus melhores amigos; mesmo aqueles que guardaram por mim um pouco de seu antigo afeto se esforçaram, prudentemente, em dissimulá-lo de todas as maneiras. Deus me é testemunha, logo que tomava conhecimento da convocação de uma assembléia eclesiástica, eu imaginava que ela se destinava a pronunciar minha condenação. A notícia me fulminava como um raio, eu me via já arrastado, como um herético e impuro, perante os concílios diante de toda a sinagoga. Meus inimigos me perseguiam com o encarniçamento com que os hereges haviam perseguido Atanásio... ousaria dizer, se se pudesse comparar a pulga ao leão, a formiga ao elefante!

Por vezes, que Deus o saiba, caí em tal desespero que me dispus a abandonar a cristandade e a passar para os muçulmanos: ali encontraria, ao preço de um tributo qualquer, o repouso e o direito de viver cristãmente entre os inimigos do Cristo. Esses, eu pensava, me acolheriam tanto melhor porquanto a acusação de que eu era alvo os faria duvidar de meus sentimentos de cristão e eles julgariam assim mais propício me atrair à sua seita.

Quando, abatido por ataques incessantes, já não via outra saída senão me refugiar assim no Cristo, junto a esses inimigos do Cristo, acreditei encontrar enfim a ocasião de me furtar em parte às emboscadas que me armavam: infelizmente caí nas mãos de cristãos e de monges mais cruéis e perversos que os pagãos! A abadia de Saint-Gildas-de-Rhuys, na Petite Bretagne, na diocese de Vannes, acabava de perder seu superior; os monges me elegeram abade unanimemente; o senhor do lugar mostrou-se de acordo e, sem dificuldade, o abade Saint-Denys e os irmãos deram seu consentimento.

Foi assim que o ódio dos franceses me expulsou para o Ocidente, como o dos romanos outrora havia banido São Jerônimo para o Oriente. Jamais, eu vo-lo disse, e Deus o sabe, teria aceito esse convite não fosse para escapar, a todo preço, às vexações ininterruptas que me afligiam. A abadia estava situada numa região selvagem cuja língua me era desconhecida; os monges eram conhecidos por sua má conduta e indisciplina; a população passava por brutal e grosseira. Eu parecia aquele que, para evitar a espada que o ameaça, se lança aterrorizado no primeiro precipício e depois, para adiar ainda por um instante sua morte, num segundo. Lancei-me conscientemente de um perigo a outro. E lá, perante as vagas gementes do oceano, na extremidade da Terra, na impossibilidade de fugir para mais longe, repetia em minhas preces: "Dos confins da Terra grito para vós, Senhor, na angústia do meu coração."

Que angústia com efeito me torturava noite e dia, à vista do rebanho indisciplinado de irmãos de quem assumira a direção! Havia assim exposto minha alma e meu corpo a um perigo inquestionável. Tentar reconduzir essa comunidade à vida regular à qual se havia proposto era arriscar minha vida; não o tentar, em toda a medida do possível, era me danar. Graças à desordem que ali reinava, a abadia havia há muito caído sob o jugo de um senhor local todo-poderoso. Este se apoderou das terras da abadia e vergastava os monges com mais imposições do que seus próprios tributários judeus.

Os monges me obsedavam com suas necessidades diárias; eles não dispunham mais de bens comunitários com os quais eu teria podido mantê-los, e cada um deles tomava de seu próprio patrimônio para atender à sua sobrevivência, bem como à de suas concubinas e filhos. Ficavam contentes de me atormentar assim; mais ainda: pilhavam, roubavam tudo o que lhes caía sob as mãos no monastério, a fim de me obrigar, sabotando minha administração, a relaxar a disciplina e a me retirar completamente. Os mal civilizados camponeses que povoavam a região compartilhavam a anarquia desenfreada de meus monges, e eu não podia esperar a ajuda de ninguém: a pureza mesma de meus costumes fazia minha solidão. Fora, o senhor e seus homens armados não cessavam de me abater; dentro, os irmãos não cessavam de me armar emboscadas. A palavra do apóstolo parecia ter sido pronunciada em intenção a mim: "Fora, o combate; dentro, o temor."

Considerava com dor a vida miserável e inútil que me era preciso levar, estéril para mim mesmo e para os outros. Minha existência entre os estudantes ainda há pouco era tão fecunda! Mas havia abandonado meus discípulos por esses monges, e não colhia mais nenhum fruto nem entre uns nem entre outros! Minhas iniciativas, meus esforços permaneciam igualmente ineficazes, e poder-se-ia com razão me aplicar a censura da Escritura: "Esse homem começou a construir, mas não pôde terminar a obra." Desesperava-me à lembrança daquilo que havia deixado, ao pensamento daquilo que havia escolhido em troca, e minhas antigas infelicidades me pareciam, em comparação, negligenciáveis. Repetia-me, gemendo: "Mereci esse sofrimento por abandonar o Paracleto, isto é, o Consolador: eis-me aqui tombado na desolação; e, para evitar uma simples ameaça, corri à frente de perigos verdadeiros."

Eu tinha a maior preocupação com a fundação que havia deixado: já não podia, com efeito, como teria sido necessário, garantir ali a continuidade do ofício divino. A extrema pobreza do estabelecimento mal permitia manter ali um único cura. Mas, nessa nova desolação, o verdadeiro Paracleto me trouxe um consolo verdadeiro, e providenciou de forma conveniente seu próprio santuário. O abade de Saint-Denys reclamou, como um anexo anteriormente submetido à jurisdição de seu monastério, o convento de Argenteuil, do qual falei acima, e onde Heloísa, minha irmã em Cristo mais do que minha esposa, havia tomado o hábito. Ele obteve o que queria, não sei de que maneira; depois expulsou violentamente as religiosas de quem minha companheira era a priora. Expulsas assim, essas mulheres se dispersaram por todos os lados. Compreendi que o Senhor me dava a oportunidade de assegurar o serviço de minha fundação. Voltei para ali então, e convidei Heloísa e as freiras que não a haviam abandonado. Ao chegarem, concedi-lhes a capela e suas dependências, depois as doei a elas. O papa Inocêncio II, com o assentimento e sob a intervenção do bispo, confirmou esse ato, com privilégio de perpetuidade para elas mesmas e aquelas que as sucedessem.

Levaram, nos primeiros tempos, uma vida bastante miserável. Mas logo a divina Providência, que elas serviam devotamente, as aliviou em suas penas e o Paracleto se manifestou verdadeiramente a elas, tocando de piedade o coração das populações vizinhas: num único ano, Deus me seja testemunha, os bens da terra se multiplicaram para elas mais do que eles teriam feito por minha obra em um século se eu tivesse permanecido lá. As mulheres, vista sua fraqueza, comovem mais quando caem na indigência, e sua virtude é mais do que a nossa agradável a Deus e aos homens. Deus cumulou de tantas graças a abadessa Heloísa, minha irmã, que os bispos a amavam como sua filha, os abades como sua irmã, os leigos como uma mãe. Dentro em pouco, todos admiravam sua piedade, sua sabedoria, sua incomparável mansuetude e a paciência que ela mostrava em tudo. Menos ela se deixava ver, mais ela se fechava em seu oratório para dedicar-se inteiramente a suas preces e a suas santas meditações, e mais os cristãos do exterior vinham apaixonadamente solicitar sua presença e o benefício de sua conversação.

Os vizinhos dessas religiosas me culpavam fortemente por não colocar tudo em obra para aliviá-las: era meu dever, estimavam eles, e nada me teria sido mais fácil que lhes assegurar o benefício de uma pregação. Passei então a lhes fazer visitas mais freqüentes, a fim de lhes procurar assim algum auxílio. Levantou-se, bem entendido, a esse respeito, um murmúrio malevolente, e aquilo que uma caridade sincera me levava a fazer, a habitual malícia de meus inimigos interpretou ignominiosamente. Eu estava agora dominado, diziam eles, pela concupiscência da carne, pois que não podia suportar de maneira alguma a ausência de minha antiga amante.

Eu me repetia as lamentações que São Jerônimo, em sua epístola a Asella, levanta contra os falsos amigos: "A única coisa que me censuram é meu sexo, e não seria censurado se Paula não me tivesse acompanhado a Jerusalém." Ou ainda: "Antes que eu conhecesse a casa da Santa Paula, toda a cidade cantava meus louvores; segundo o parecer geral, eu era digno do sacerdócio supremo. Mas pouco importa: chega-se da mesma forma ao reino dos céus com uma má ou com uma boa reputação."

Pensando nas calúnias que tão grande homem havia sofrido, via nisso para mim motivo de consolo. "Se meus inimigos", dizia a mim mesmo, "encontrassem em mim matéria para tais suspeitas, como sua maldade me abateria!" Mas a misericórdia divina me preservou. Como então subsiste a suspeita, quando o meio de realizar as torpezas da carne me foi retirado? O que significa essa última e impudente acusação? Meu estado a afasta tão bem, que aqueles que fazem guardar suas mulheres lançam mão de eunucos: a história santa nos ensina que assim foram guardadas Ester e as outras mulheres do rei Assuerua. Ela também nos ensina que o poderoso ministro da rainha Candace, encarregado da custódia de seus tesouros, era um eunuco: a ele um anjo conduziu o apóstolo Felipe, que o converteu e o batizou. Tais homens sempre preencheram, junto a mulheres honestas e veneráveis, funções elevadas e íntimas, pois estavam acima de toda suspeita. É a razão pela qual o maior dos filósofos cristãos, Orígenes, querendo se consagrar à educação das mulheres, atentou contra si mesmo, segundo o livro VI da *História Eclesiástica*. Eu pensava que a misericórdia divina se havia mostrado nisso mais doce para mim do que para ele: Orígenes passa com efeito por ter agido sem sabedoria e cometido, por esse ato, um grave pecado; eu fora vítima da falta de um outro, que me libertara. Minha dor física fora menor, uma vez que súbita e mais breve, e que, no sono em que me haviam surpreendido os agressores, minha sensibilidade se encontrava entorpecida. Mas se meu corpo havia sofrido menos, a calúnia me perseguia há mais tempo, e esses ataques contra minha reputação me torturavam mais do que meu próprio ferimento. Diz-se nesse sentido: "Boa reputação vale mais do que cinto dourado." Santo Agostinho, num sermão sobre a vida e os costumes do clérigo, escreve que "aquele que se fia à sua consciência e negligencia sua reputação é cruel para consigo mesmo". E mais acima: "Procuremos fazer o bem, como diz o apóstolo, não apenas perante Deus, mas perante os homens. Para nós mesmos, o testemunho de nossa consciência basta. Para os outros, nossa reputação deve permanecer pura e sem mancha. A consciência e a reputação são duas coisas: aquela para ti, esta para teu próximo."

Se meus inimigos tivessem vivido no tempo do Cristo e de seus membros, os profetas, os apóstolos, os Santos Padres, não lhes teriam poupado suas calúnias, vendo-os, embora sem a menor impureza, viver na familiaridade das mulheres! Santo Agostinho, em seu livro sobre a *Obra dos monges*, nota que as mulheres se juntaram a Nosso Senhor e aos apóstolos, e tornaram-se suas companheiras inseparáveis, a ponto de segui-los mesmo em suas viagens de pregação. "Foi assim", escreve ele, "que mulheres fiéis e que possuíam alguma fortuna andavam a seu lado e os proviam com seus bens, de medo que lhes viesse a faltar o necessário à vida." Deve-se admitir que elas haviam recebido a autorização dos próprios apóstolos, mas, deixando-as assim acompanhá-los por toda parte onde eles levavam a Boa Nova, estes não faziam senão imitar o Cristo. De fato, basta abrir o Evangelho: "Ele viajou em seguida — lemos ali — pelas cidades e vilas, anunciando o reino de Deus. Os Doze o acompanhavam, e algumas mulheres, que ele havia libertado de espíritos impuros ou curado de diversas doenças, providenciavam seu sustento: Maria, dita Madalena, Joana, mulher de Cuza, intendente de Herodes, Suzana, e outras."

Leão IX, refutando a epístola de Parmeniano *Sobre o gosto da vida monástica*, se exprime nestes termos: "Nós professamos formalmente que é proibido a um bispo, um padre, um diácono ou um subdiácono dispensar a si mesmo, sob pretexto de religião, dos cuidados que ele deve à sua esposa. Ele é obrigado a lhe assegurar a comida e as vestes; basta que ele interrompa as relações sexuais." Assim viveram os santos apóstolos. "Não temos nós o direito, escreve São Paulo, de levar conosco uma mulher que seria nossa irmã, como o fizeram os irmãos do Senhor e Cefas?" Observai que ele não diz: o direito de "possuir" uma mulher, mas de "levar conosco". Eles podiam com efeito prover, graças ao benefício das pregações, as necessidades de suas mulheres, sem que por isso houvesse entre eles relações carnais.

O fariseu diz a si mesmo, pensando no Senhor: "Este homem, se é verdadeiramente profeta, deveria saber de que espécie é a mulher que ele toca: uma mulher de má vida." Certamente, na ordem dos julgamentos humanos, era próprio do fariseu formar conjecturas vergonhosas sobre o Senhor, e isso mais naturalmente que outros o fizeram sobre mim. Aqueles que viram a mãe de Jesus confiada a um homem jovem, ou os profetas hospedados por viúvas, em sua intimidade, teriam sido mais fáceis de desculpar por conceber algumas suspeitas. Que teriam dito meus detratores, se tivessem conhecido esse Malchus, monge cativo de quem fala São Jerônimo, e que vivia com sua mulher num mesmo retiro? Eles teriam se aproveitado de uma conduta em que o santo doutor não vê senão um exemplo de edificação. "Havia um velho, escreve ele, chamado Malchus, originário do próprio lugar. Uma mulher velha morava com ele. Ambos cheios de zelo pela religião e tão assíduos à igreja que teriam sido tomados por Zacarias e Elisabeth se João estivesse entre eles!" Por que enfim não se atacam os Santos Padres, de quem lemos a cada página da história que estabeleceram e mantiveram monastérios de mulheres? Eles seguiam assim o exemplo dos sete diáconos que os apóstolos encarregaram de os substituir junto às mulheres santas, assegurando seu abastecimento e serviço.

O sexo frágil não pode passar sem a ajuda do sexo forte. É nesse sentido que, segundo a palavra do apóstolo, o homem é o chefe da mulher. Da mesma forma o escritor sagrado ordena a esta, em sinal de subordinação, manter a cabeça coberta. Quanto a mim, espanta-me muito que o costume ponha, na direção dos conventos de homens, um abade, na dos conventos de mulheres, uma abadessa, e imponha aos dois sexos a mesma regra da qual, entretanto, certas prescrições são excessivamente rigorosas para mulheres, seja qual for sua posição na hierarquia. Quase por toda parte, a ordem natural está invertida; vemos abadessas e religiosas dominar os próprios padres, a quem o povo é submisso, e lhes inspirar tanto mais facilmente desejos maus quanto seu poder é maior, sua autoridade mais estrita. Um poeta satírico escrevia a esse respeito:

Nada é mais intolerável do que uma mulher rica.

Essas reflexões me determinaram a ajudar com todas as forças minhas irmãs do Paracleto e a assegurar a administração de seu estabelecimento. Minha presença, mantendo-as despertas, aumentaria seu respeito por mim e eu poderia assim atender mais eficazmente a suas necessidades. Uma vez que meus filhos me perseguiam mais duramente ainda do que outrora o haviam feito meus irmãos, procuraria junto a elas a calma de um porto após a violência dessas tempestades; eu respiraria enfim e, não podendo fazer bem a meus monges, pelo menos faria um pouco a elas. Trabalharia assim tanto melhor para minha salvação já que sua debilidade exigia mais os meus socorros.

Mas Satã me perseguia. Não encontrava em parte alguma repouso, nem mesmo a possibilidade de viver. Como Caim, o maldito, errante e fugitivo, era levado de lá para cá, ao acaso. "Fora, o combate; dentro, o temor", eu o repito, me atormentam sem cessar; mais ainda: o temor e o combate reinam ao mesmo tempo dentro e fora. As perseguições acirradas de meus filhos são mais obstinadas e temíveis do que eram as de meus inimigos, pois meus filhos não me deixam e eu me vejo perpetuamente exposto a seus ataques. Quando meus inimigos preparam alguma conspiração contra minha pessoa, basta-me sair do claustro para perceber; mas as maquinações insidiosas dos meus filhos, dos meus monges, eu as devo suportar no próprio claustro, eu, seu abade e seu pai, a quem eles foram confiados. Quantas vezes tentaram me envenenar como outrora fizeram com São Benedito! O mesmo motivo que levou esse santo a abandonar seus filhos perversos me levava a seguir o exemplo de um tal Pai. Da mesma forma, expondo-me a um perigo certo, em vez de dar a Deus uma prova de amor, eu o tentava temerariamente; veriam em mim o autor de minha própria perda.

Esforçava-me por desfazer essas armadilhas quotidianas, observando tanto quanto podia aquilo que me davam a comer e a beber. Os monges tentaram então me envenenar durante a missa, vertendo no cálice um líquido tóxico. Um dia em que me encontrava em Nantes para visitar o conde, que estava doente, hospedei-me na casa de um dos meus irmãos segundo a carne. Os monges imaginaram me fazer servir veneno por um serviçal de minha comitiva, contando sem dúvida que minha vigilância se relaxaria durante a viagem. Mas a Providência quis que eu não tocasse nos alimentos assim preparados: um irmão que eu levara comigo, ignorando a conspiração, os consumiu e morreu instantaneamente. O serviçal, autor do malefício, assustado pelo testemunho de sua consciência e pela evidência do fato, fugiu. Desde então a maldade dos meus filhos saltou aos olhos de todos e eu comecei a fugir abertamente, na medida do possível, às suas iniciativas. Ausentei-me várias vezes da abadia, permaneci em vários priorados distantes, acompanhado apenas de um pequeno número de irmãos. Quando se sabia, no convento, que eu devia tomar tal ou tal caminho, pagava-se a bandidos que se postavam na minha passagem, com a missão de me matar.

No ápice da luta que eu travava contra esses perigos, caí um dia de minha montaria: a mão de Deus me atingiu duramente; quebrei as vértebras do pescoço. Essa queda me abateu moralmente e me enfraqueceu ainda mais que meus sofrimentos anteriores. A indisciplina dos meus subordinados me obrigou a ameaçá-los de excomunhão. Cheguei mesmo a extorquir, a alguns de quem tinha mais a temer, sob palavra e por um juramento público, a promessa de se retirarem definitivamente da abadia e de não mais me inquietarem, de maneira alguma. Apesar disso eles violaram, de forma infamante, seu juramento. Foi preciso a autoridade do papa Inocêncio, que despachou um legado para tal efeito, a fim de obrigá-los a renovar o juramento, sobre esse ponto e outros, na presença do conde e dos bispos.

Entretanto, mesmo depois disso, meus monges não se mantinham em paz. Recentemente, após a expulsão dos criadores de caso, retornei à abadia, entregando-me aos outros irmãos que me pareciam menos suspeitos. Constatei que eram piores que os primeiros. Renunciando ao veneno, propuseram desfazer-se de mim pelas armas: escapei a duras penas, auxiliado por um dos principais barões da região.

Perigos semelhantes me ameaçam ainda hoje; sinto continuamente um punhal levantado sobre minha cabeça; mal posso respirar durante as refeições; pareço-me com aquele homem que via a felicidade suprema no poder e nas riquezas de Denys, o tirano, e que, descobrindo uma espada suspensa por um fio acima dele, conheceu de que felicidade são acompanhadas as grandezas da Terra! Eis o que agora experimento sem trégua, eu, pobre monge elevado ao posto de abade, e cuja miséria aumentou em proporção às honras, a fim de ensinar, por esse exemplo, aos que aspiram a isso, a refrear sua ambição.

Que me baste, ó meu irmão tão querido no Cristo, velho companheiro a quem tanta intimidade me prende, ter assim retraçado, tendo em mente vossa tristeza e a injustiça que vos atinge, a história dos infortúnios em que me debato desde minha juventude. Como vos disse no início desta carta, meu objetivo era vos fazer, por comparação, considerar vossas próprias provações mais leves e vos ajudar assim a suportá-las. Tirai um perpétuo consolo das palavras que o Senhor dirigiu a seus fiéis, um dia em que lhes falava acerca dos demônios: "Se eles me perseguiram, vos perseguirão. Se o mundo vos odeia, sabei que ele me odiou primeiro. Se fôsseis do mundo, o mundo teria amado aquilo que lhe pertencia." O apóstolo o afirma: "Quem quer que queira viver piedosamente no Cristo sofrerá perseguição." E mais adiante: "Não busco agradar aos homens. Se eu agradasse aos homens, não seria o servidor do Cristo." O salmista, de sua parte: "Aqueles que agradam aos homens foram confundidos, porque Deus os rejeitou." São Jerônimo, a quem ouso me comparar pelo ódio com que me perseguem, medita sobre esse texto na sua epístola a Nepotiano: "Se eu agradasse aos homens", diz o apóstolo, "não seria o servidor do Cristo." Ele deixou de agradar aos homens, tornou-se o servidor do Cristo. O próprio doutor escreve a Asella, falando dos falsos amigos: "Rendo graças ao meu Deus por ser digno do ódio do mundo" e, ao monge Hesiodoro: "Erras, meu irmão, erras em crer que o cristão possa jamais escapar à perseguição. Nosso inimigo, como um leão que ruge, ronda em torno de nós, procurando nos devorar. E é isso que tu crês ser a paz? O inimigo se mantém em emboscada, e espreita os ricos viajantes."

Encorajados por esses ensinamentos e esses exemplos, esforcemo-nos então para suportar os golpes da fortuna com tanto maior serenidade quanto mais serão injustos. Não duvidemos de que, se não aumentam nossos méritos, contribuem ao menos para alguma expiação. A Providência divina preside a toda a nossa existência. Nada acontece por acaso sem a permissão da Bondade todo-poderosa: esse pensamento deve bastar para consolar o fiel em suas provações. Todo acontecimento de início contrário à ordem providencial é logo reconduzido a um bom termo por Deus. É portanto justo repetir a todo propósito: "Que seja feita Tua vontade." Que consolo traz às almas piedosas esta frase do apóstolo: "Sabemos que, para aquele que ama a Deus, tudo coopera para seu bem!" Tal era o pensamento do Sábio quando escreveu nos *Provérbios*: "Nenhum acontecimento entristecerá o justo." O escritor sagrado no-lo atesta aqui: Quem quer que se irrite com uma provação que ele sabe dispensada pela Providência peca gravemente contra a justiça; seguindo sua própria inclinação de preferência à intenção divina, ele pronuncia de boca o *fiat*, mas a seu coração repugna essa idéia, e ele faz passar sua vontade adiante daquela do Altíssimo. Adeus.

De Heloísa a Abelardo

Convento do Paracleto, Champanhe

A seu senhor, ou antes seu pai; a seu esposo, ou antes seu irmão; sua serva, ou antes sua filha; sua esposa, ou antes sua irmã; a Abelardo,
Heloísa

Meu bem-amado, o acaso fez-me passar entre as mãos a carta de consolo que escreveste a um amigo. Reconheci imediatamente, pela assinatura, que ela provinha de ti. Lancei-me sobre ela e devorei-a com todo o ardor de minha ternura: já que havia perdido a presença corporal daquele que a havia escrito, ao menos as palavras reanimariam um pouco para mim a sua imagem.

Lembro-me: essa carta, quase a cada linha, encheu-me de fel e de absinto, rememorando-me a história lamentável de nossa conversão e das cruzes pelas quais tu, meu único amor, ainda não deixaste de ser atormentado. Bem cumpriste a promessa que no início fazias a teu amigo: suas provações, em comparação com as tuas, devem ter-lhe parecido bem pouca coisa! Após ter contado as perseguições dirigidas contra ti por teus senhores, e depois o injusto atentado perpetrado contra teu corpo, pintaste a execrável inveja e sanha de teus condiscípulos, Albéric de Reims e Lotulphe, o Lombardo. Descreveste detalhadamente os atos de violência que suas maquinações desencadearam contra tua gloriosa obra de teologia e contra ti próprio, condenado a uma espécie de prisão. Passando então aos conluios de teu abade e de teus pérfidos irmãos, e às calúnias ainda mais graves dos dois falsos apóstolos incitados contra ti por teus rivais, evocaste o escândalo produzido no grande público pelo nome inusitado de Paracleto, dado a teu oratório. Enfim, para terminar esse lamentável relato, falaste das incessantes vexações com que esse perseguidor implacável e os viciosos monges, que chamas teus filhos, continuam ainda hoje te atormentando.

Duvido que alguém possa ler ou ouvir sem lágrimas uma tal história! Ela renovou minhas dores, e a exatidão de cada detalhe que relatavas reavivava toda a sua violência passada. Mais ainda, meu sofrimento crescia ao ver tuas provações aumentarem cada vez mais. Eis-nos aqui então todas reduzidas a desesperar de tua própria vida, e a esperar, o coração tremendo, o peito arfando, a notícia final de teu assassinato.

Também te suplicamos, pelo Cristo que em vista de sua própria glória te protege ainda de uma certa forma, nós, suas pequenas servas e tuas também, que se digne nos escrever freqüentemente para nos pôr a par das tempestades pelas quais és hoje sacudido. Somos as únicas criaturas que te restam; ao menos participaremos assim de teus sofrimentos e de tuas alegrias. As simpatias, geralmente, proporcionam um certo consolo àquele que sofre; um fardo que pesa sobre muitos é mais leve de sustentar, mais fácil de carregar. Se a tempestade atual se acalmar um pouco, apressa-te em nos escrever; a nova nos dará tanta alegria! Mas, seja qual for o assunto de tuas cartas, elas nos serão sempre doces, ainda que apenas por nos testemunhar que não nos esqueces.

Numa passagem das *Cartas a Lucilius*, Sêneca analisa a alegria que se experimenta ao receber uma carta de um amigo ausente. "Eu vos agradeço", diz ele, "por me escreverdes tão freqüentemente. Assim vos mostrais a mim da única forma que vos é possível. Não há uma vez que eu receba uma de vossas cartas que não estejamos imediatamente reunidos. Se os retratos dos nossos amigos ausentes nos são caros, se renovam sua lembrança e nos acalmam, por um vão e enganoso consolo, a mágoa da ausência, mais doces ainda são as cartas, que nos trazem uma imagem viva!" Graças a Deus, nenhum de teus inimigos poderá impedir-te de nos dar, por esse meio, tua presença, nenhum obstáculo material se opõe a isso. Eu te suplico, não nos falte por negligência!

Escreveste a teu amigo uma carta muito longa em que, a propósito de suas infelicidades, tu lhe falas das tuas. Lembrando-as assim pormenorizadamente, era tua intenção consolar teu correspondente, mas acrescentaste não pouco à nossa própria desolação. Buscando tratar suas feridas, reavivaste as nossas e nos infligiste outras novas. Cura, eu te suplico, o mal que tu mesmo nos fizeste, tu que procuras cuidar daquele que outros causaram! Deste satisfação a um amigo, a um companheiro; saldaste a dívida da amizade e da fraternidade. Mas tens para conosco uma dívida bem mais urgente: não nos chames, com efeito, tuas "amigas", tuas "companheiras", esses nomes não nos convêm; somos as únicas pessoas que verdadeiramente te amam, tuas "filhas"; que se empregue, se puder ser encontrado, um termo mais terno e mais sagrado!

Se duvidasses do tamanho da dívida que te obriga com relação a nós, não nos faltariam nem provas nem testemunhos para te convencer. Todo o mundo se calaria, pois os fatos falariam por si mesmos. O fundador do nosso estabelecimento és tu somente depois de Deus, tu, o único edificador de nossa capela, o construtor de nossa congregação. Nada edificaste sobre os fundamentos de outrem: tudo aqui é obra tua. Este deserto, abandonado aos animais selvagens e aos malfeitores, jamais havia conhecido habitação humana, jamais tivera casas. Entre os covis das feras e as cavernas dos bandidos, onde nunca o nome de Deus havia sido invocado, edificaste o tabernáculo divino e dedicaste um templo ao Espírito Santo. Recusaste, para essa obra, a ajuda dos tesouros reais ou dos príncipes, dos quais poderias, entretanto, ter tirado poderosos recursos, mas quiseste que nada viesse senão de ti. Os clérigos e os estudantes, que acorriam avidamente para ouvir teus ensinamentos, proviam a tudo o que era necessário. Aqueles mesmos que viviam de benefícios eclesiásticos e, longe de distribuir suas riquezas, nada sabiam além de receber, aqueles cujas mãos só haviam aprendido a tomar e a nada dar, todos se tornavam pródigos ao pé de ti e te cumulavam de oferendas.

É, pois, verdadeiramente tua esta nova plantação que cresce no amor sagrado. Ela lança agora tenros brotos que, para vingar, precisam ser regados. Ela é formada de mulheres; e este sexo é débil; sua fragilidade não decorre apenas de sua tenra idade. Incessantemente ela exige cultivo atento e cuidados freqüentes segundo a palavra do apóstolo: "Eu plantei, Apolônio regou, Deus fez crescer." Com sua pregação, o apóstolo havia plantado a Igreja de Corinto, a havia fortificado na fé por seus ensinamentos. Depois seu discípulo Apolônio a regara com santas exortações e a graça divina concedera então que suas virtudes crescessem.

Trabalhas atualmente uma vinha que não plantaste, cujo fruto não é para ti senão amargor; tuas admoestações permanecem estéreis e vãos teus exercícios sagrados. Pensa no que deves à tua vinha, tu que assim cuidas da vinha de outrem! Ensinas, pregas a rebeldes, e teus esforços são infrutíferos. Derramas em vão, diante de porcos, as pérolas de uma eloqüência divina. Tu que te prodigalizas a obstinados, considera o que nos deves, a nós que te somos submissas. És pródigo para com teus inimigos; medita sobre o que deves a tuas filhas. Sem mesmo pensar nas outras, pesa a dívida que te liga a mim: talvez te quites com mais zelo para comigo pessoalmente, que fui a única a dar-me a ti, daquilo que deves à comunidade destas mulheres piedosas.

Tens uma ciência eminente, eu só tenho a humildade da minha ignorância; melhor que eu, sabes quantos tratados os Pais da Igreja já escreveram para a instrução, a direção e o consolo das mulheres santas, e que cuidados eles puseram em compô-los. Também me espantei grandemente em ver há quanto tempo deixas em esquecimento a obra mal começada de nossa conversão. Nem o respeito de Deus, nem nosso amor, nem os exemplos dos Santos Padres puderam te decidir a sustentar, de viva voz ou por carta, minha alma vacilante e constantemente afligida de dor! E não obstante sabes que laço nos prende e te obriga, e que o sacramento nupcial te une a mim, de uma maneira tanto mais estreita porquanto sempre te amei, diante do mundo, de um amor sem medida.

Sabes, meu bem-amado, e todos o sabem, o quanto perdi em ti; sabes em que terríveis circunstâncias a indignidade de uma traição pública arrancou-me do século ao mesmo tempo que a ti, e sofro incomparavelmente mais pela maneira por que te perdi do que pela própria perda. Quanto maior o objeto da dor, maiores devem ser os remédios do consolo. Tu só, e não um outro, tu só, que és a causa única da minha dor, me trarás a graça do consolo. Tu só, que me contristaste, poderás trazer-me alegria, ou ao menos amenizar minha pena. Tu só o deves a mim, pois cegamente cumpri todas as tuas vontades, a ponto de, não podendo me decidir a te opor a menor resistência, ter a coragem de me perder a mim mesma, sob tua ordem. Nem mais, por um efeito inacreditável, meu amor tornou-se tal delírio que se arrebatou, sem esperança de jamais recuperar o único objeto do seu desejo, no dia em que, para te obedecer, tomei o hábito e aceitei mudar de coração. Provei-te assim que reinas como único senhor tanto sobre minha alma como sobre meu corpo. Deus o sabe, jamais procurei em ti senão a ti mesmo. Era somente tu que eu desejava, não aquilo que te pertencia ou aquilo que representas. Não esperava nem casamento nem vantagens materiais, não pensava nem em meu prazer nem nas minhas vontades; buscava apenas, bem o sabes, satisfazer teus desejos. O nome de esposa parece mais sagrado e mais forte, entretanto o de amiga sempre me pareceu mais doce. Teria apreciado, permiti-me dizê-lo, o de concubina ou de mulher de vida fácil, tanto me parecia que, em me humilhando ainda mais, aumentaria meus títulos a teu reconhecimento e menos prejudicaria a glória do teu gênio.

Não o esqueceste completamente. Nessa carta de consolo a teu amigo, bem quiseste expor tu mesmo algumas das razões que eu invocava para te afastar dessa infeliz união. Não obstante, calaste a maior parte daquelas que me faziam preferir o amor ao casamento e a liberdade à ligação. Tomo Deus por testemunha: o próprio Augusto, o senhor do mundo, tivesse ele se dignado a pedir minha mão e a me assegurar para sempre o império do universo, eu teria considerado mais doce e nobre conservar o nome de cortesã junto a ti que tomar o de imperatriz junto a ele! A verdadeira grandeza humana não provém nem da riqueza nem da glória: aquela é o efeito do acaso; esta, da virtude. A mulher que prefere esposar um rico a um pobre vende-se a ele e ama em seu marido mais os seus bens que a ele próprio. Aquela que uma tal cobiça leva ao casamento merece um outro pagamento que não o amor. Ela se prende menos, efetivamente, a um ser humano do que às coisas; se se apresentasse a ocasião, certamente ela se prostituiria a um mais rico ainda. Tal é, segundo toda evidência, o pensamento da sábia Aspásia, na conversa que relata Ésquilo, discípulo de Sócrates. Tentando reconciliar Xenofonte e sua mulher, ela termina seu discurso nos seguintes termos: "Se conseguirdes tornarvos, um e outro, o homem mais virtuoso, a mulher mais amável do mundo, tereis então por única ambição não conhecer outro desejo virtuoso senão o de ser o marido da melhor das mulheres, a mulher do melhor dos maridos." Opinião piedosa, e melhor que filosófica, ditada mais por uma alta sabedoria do que por teorias! Erro piedoso, mentira bem-aventurada, entre esposos, aquela em que uma afeição perfeita crê guardar o bem conjugal mais pelo pudor da alma do que pela continência dos corpos!

Mas o que um tal erro ensina às outras mulheres é uma verdade manifesta que me fez aprender. Aquilo que com efeito elas pensavam pessoalmente de seus maridos eu pensava de ti, certamente, mas o mundo inteiro o pensava também, o sabia de ciência clara. Meu amor por ti era assim tanto mais verdadeiro quanto melhor preservado de um erro de julgamento. Que rei, que filósofo poderia igualar tua glória?

Que país, que cidade, que vilarejo não aspirava a te ver? Quem então, eu o pergunto, quando aparecias em público, não acudia para te ver e, quando te afastavas, não te seguia com o olhar, com o pescoço estendido? Que mulher casada, que moça não te desejava em tua ausência, não ardia quando estavas presente? Que rainha, que grande dama não invejou minhas alegrias e meu leito?

Possuías dois talentos, entre todos, capazes de seduzir imediatamente o coração de uma mulher: o de fazer versos e o de cantar. Sabemos que eles são bem raros entre os filósofos. Eles te permitiam repousar, como se estivesses brincando, dos exercícios filosóficos. A eles deves o ter composto, sobre melodias e ritmos amorosos, tantas canções cuja beleza poética e musical conheceu sucesso público e espalhou universalmente teu nome. Mesmo os ignorantes, incapazes de compreender o texto, as retinham, retinham teu nome, graças à doçura de sua melodia. Tal era a principal razão do ardor amoroso que as mulheres nutriam por ti. E, como a maior parte dessas canções celebrava nossos amores, logo meu nome se espalhou em muitos lugares, excitando contra mim as invejas femininas.

Com efeito, que encantos do espírito e do corpo não embelezavam tua juventude? Que mulher, então invejosa de mim, não se compadeceria hoje da infelicidade que me priva de tais delícias? Que homem, que mulher, fosse meu pior inimigo, não sentiria por mim uma justa piedade?

Pequei gravemente, tu o sabes; entretanto, sou inocente. O crime está na intenção mais do que no ato. A justiça pesa o sentimento, não o gesto. Mas quais foram minhas intenções com relação a ti, tu somente, que as experimentas, podes julgar. Submeto tudo a teu exame, abandono tudo ao teu testemunho. Dize-me somente, se o podes, por que, depois de nossa conversão monástica, que tu sozinho decidiste, me deixaste com tanta negligência cair no esquecimento; por que me recusaste a alegria de tuas entrevistas, o consolo de tuas cartas? Dize, se tu podes, ou antes direi eu, o que creio saber, aquilo de que todos suspeitam! Foi a concupiscência, mais que uma afeição verdadeira, que te ligou a mim, o gosto do prazer mais do que o amor. A partir do dia em que essas volúpias te foram arrebatadas, todas as ternuras que elas te inspiraram se esvaneceram.

Eis, meu bem-amado, a conjectura que formam, não eu verdadeiramente, mas todos aqueles que nos conhecem. Eis aí menos uma suposição pessoal do que um pensamento geral, menos um sentimento particular do que um rumor difundido no público. Prouvesse a Deus que fosse meu e que teu amor encontrasse defensores! Minha dor se acalmaria um pouco. Prouvesse a Deus que eu pudesse encontrar razões que, te inocentando, cobrissem de uma certa forma a baixeza do meu coração!

Considera, eu te suplico, o objeto do meu pedido. Parecer-te-á tão mínimo, tão fácil para ti de o satisfazer! Uma vez que tua ausência me frustra, que pelo menos a afetuosa linguagem de uma carta (as palavras te custam tão pouco!) me traga tua doce imagem! É vão para mim esperar de tua parte um ato generoso, quando mostras em palavras uma tal avareza. Acreditava até aqui ter conquistado bastante mérito a teus olhos, tendo feito tudo por ti, e perseverando hoje somente para te obedecer. Somente uma ordem tua, e não sentimentos de piedade, me conduziram desde a primeira juventude aos rigores da vida monástica. Se com isso não adquiri um novo mérito junto a ti, julga da inutilidade de meu sacrifício! Eu não tenho a esperar recompensa divina, pois que não foi o amor de Deus que me guiou.

Acompanhei-te no claustro, que digo? Eu te precedi. Poder-se-ia crer que a lembrança da mulher de Loth, voltando-se para trás, te levou a me revestir em primeiro lugar do hábito santo, e a me ligar a Deus pelo voto antes mesmo que tu. Confesso-te, essa desconfiança, a única que tiveste com relação a mim, me fez sofrer profundamente, e me cobriu de vergonha. Deus sabe que, a uma palavra tua, eu te teria precedido, eu te teria seguido sem hesitar até a própria morada de Vulcão. Meu coração me abandonou, ele vive contigo. Sem ti, ele não pode mais estar em parte alguma. Eu te conjuro, faze que ele esteja bem contigo! Ele o estará se te encontrar propício, pois somente tu lhe pagas ternura por ternura, pouco por muito, palavras por atos. Prouvesse a Deus, meu amado, que tu tivesses menos confiança em meu amor, e conhecesses a inquietação! Mas quanto mais fiz para reforçar teu sentimento de segurança, mais eu sofri com a tua negligência. Lembra-te, eu o suplico, o que eu fiz, e considera tudo aquilo que me deves.

Enquanto eu fruía contigo as volúpias da carne, pôde-se hesitar a meu respeito: agia eu por amor ou por simples concupiscência? Mas hoje o desenlace dessa aventura demonstra quais foram a seu início meus sentimentos. Proibi-me todo prazer a fim de obedecer à tua vontade. Só me reservei fazer-me toda tua. Vê que iniqüidade cometes concedendo menos a quem merece mais; recusando-lhe tudo, justamente quando te seria fácil dar-lhe completamente o pouco que te pede.

Em nome do Deus mesmo a quem te consagraste, conjuro-te a me proporcionar tua presença, na medida em que isso te for possível, enviando-me algumas palavras de consolo. Faze-o ao menos para que, provida desse reconforto, eu possa me entregar com mais zelo ao serviço divino! Quando outrora me chamavas a prazeres temporais, me cumulavas de cartas, tuas canções punham sem cessar sobre todos os lábios o nome de Heloísa. Os lugares públicos, as moradias particulares, o ecoavam. Não seria mais justo excitar-me hoje ao amor de Deus, que de o ter feito outrora ao amor do prazer! Considera, eu o suplico, a dívida que tens com relação a mim; dá ouvidos a meu pedido.

Termino com uma palavra esta longa carta: adeus, meu único.

De Abelardo a Heloísa

Abadia de Saint-Gildas

A Heloísa, sua irmã bem-amada em Cristo, Abelardo, seu irmão nEle.

Desde que abandonamos o século para nos refugiar em Deus, é verdade que ainda não te escrevi para consolar tua dor nem para te exortar ao bem. Entretanto, esse mutismo não se deve à negligência, mas à enorme confiança que tenho em tua sabedoria. Não pensei que tais socorros te fossem necessários: de fato, a graça divina te cumula com tanta abundância de seus dons, que tuas palavras e teus exemplos são capazes de esclarecer os espíritos em erro, de fortificar os pusilânimes, de reconfortar os tíbios, como antigamente eles o fizeram já quando, sob o alto governo de uma abadessa, dirigias um simples priorado. Sabendo que te prodigalizas hoje a tuas filhas com tanto zelo quanto anteriormente a tuas irmãs, julgava essas virtudes suficientes, e acreditava completamente supérfluos meus conselhos e exortações. Mas, uma vez que à tua humildade parece diferente, pois que sentes a necessidade de minha ajuda doutrinal e de instruções escritas, endereça-me por carta as questões precisas e eu responderei a elas na medida em que o Senhor me der poder para isso.

Graças sejam rendidas a Deus por inspirar a vossos corações tanta solicitude pelos perigos terríveis e incessantes em que vivo! Pois que Ele vos faz participar da minha aflição, possam os sufrágios de vossas orações me valer sua proteção misericordiosa, e esta esmagar em breve Satã sob nossos pés!

Vou assim o mais breve possível enviar-te o Livro de Salmos que tu me reclamas, minha irmã, querida outrora no século, muito querida hoje no Cristo. Ele te servirá para oferecer ao Senhor um sacrifício perpétuo de preces por todos os meus pecados, de preces também pelos perigos que diariamente me ameaçam. Tenho a memória cheia de testemunhos e exemplos que nos mostram que peso têm, junto a Deus e seus santos, as preces dos fiéis, das mulheres sobretudo, para aqueles que lhes são queridos, e das esposas por seus esposos. É nesse espírito que o apóstolo nos recomenda que rezemos sem cessar. Lemos que o Senhor disse a Moisés: "Deixa-me, que minha cólera possa ecoar!" E a Jeremias: "Não ores mais por este povo, e não te oponhas a mim." O próprio Deus deixa claramente entender por essas palavras que as preces dos santos põem, por assim dizer, um freio à sua cólera, a retêm, e o impedem de castigar os pecadores em toda a medida de suas faltas. A justiça o levaria naturalmente a castigar, mas as súplicas de seus amigos o dobram, lhe fazem violência e o sustam malgrado ele mesmo.

É dito àquele que ora ou se dispõe a fazê-lo: "Deixa-me, e não te oponhas mais a mim." O Senhor ordena que não se reze pelos ímpios. Mas o justo ora malgrado esta proibição, obtém aquilo que pede, e muda a sentença do juiz irritado. O texto santo acrescenta efetivamente a propósito de Moisés: "O Senhor se apaziguou e suspendeu a punição que queria infligir a seu povo." Está escrito em outra parte, a propósito da criação do mundo: "Ele *disse*, e o mundo se fez." Aqui, relata-se que Deus havia *dito* o castigo merecido por seu povo; mas, prevenido pela virtude de uma oração, não cumpriu sua palavra. Considera a força que terá nossa oração, se nós orarmos da maneira que nos é prescrita, pois que aquilo que Deus havia proibido ao profeta de lhe pedir, este o obteve rezando, e desviou o Todo-Poderoso do seu desígnio! Um outro profeta lhe diz ainda: "Quando estiverdes irritado, lembrai-vos de vossa misericórdia!"

Que eles ouçam estas palavras e as meditem, os príncipes da Terra que, perseguindo com mais obstinação do que justiça as infrações cometidas contra seus éditos, acreditariam testemunhar uma debilidade vergonhosa se mostrassem alguma misericórdia! Tomar-se-iam por mentirosos se voltassem sobre sua resolução, se não executassem as suas medidas mais imprevisíveis ou se, na aplicação, corrigissem a letra! A bem da verdade, eu os compararia a Jefté cumprindo estupidamente um voto estúpido, e sacrificando sua filha única.

"Cantarei tua misericórdia e tua justiça, Senhor." "A misericórdia exalta a justiça." É pela adesão a estas palavras do salmista que se penetra na intimidade de Deus. Mas é também dando ouvidos a esta ameaça da Escritura: "Justiça sem misericórdia contra aquele que não pratica misericórdia!" Foi nesse sentimento que o salmista, cedendo às suplicas da esposa de Nabal do Carmel, quebrou por misericórdia o juramento que fizera por justiça de destruir Nabal e sua casa. Ele fez passar a oração à frente da justiça; a súplica da esposa apagou o crime do marido.

Eis aí, minha irmã, o exemplo que te é proposto e a segurança que te é dada. Se a oração dessa mulher teve tanta eficácia junto de um homem, o que a tua não obterá em meu favor junto a Deus? Deus, que é nosso pai, ama seus filhos mais que Davi amava a suplicante. Com certeza ele passava por misericordioso e bom, mas Deus é a própria bondade e a própria misericórdia. A suplicante era uma leiga, uma mulher do século; nenhum voto sagrado a prendia ao Senhor. Se isso não fosse suficiente para que a tua prece sozinha fosse atendida, a santa assembléia de virgens e de viúvas que te cerca obteria o que tu não poderias por ti mesma. A Verdade declara com efeito aos apóstolos: "Quando dois ou três se reúnem em meu nome, eu estou entre eles." É impossível não reconhecer o poder de que goza junto a Deus a prece constante de uma congregação santa. Se, como diz o apóstolo, "a prece assídua de um justo pode muito", o que não se deve esperar de tantas preces reunidas?

Tu sabes, minha querida irmã, pela trigésima oitava homília de São Gregório, que socorro trouxe a prece de todo um monastério a um dos irmãos que, não obstante, se recusava a se beneficiar dela, ou não a aceitava senão a contragosto. Ele se via nas últimas, sua alma infeliz lutava com a angústia, seu desespero e seu desgosto da vida o levavam a dissuadir seus irmãos de orar por ele. Os detalhes desse relato não escaparam à tua sabedoria. Praza a Deus que este exemplo te leve, bem como à comunidade de tuas santas irmãs, a orar para que ele me conserve vivo para vós! Por ele, nos atesta São Paulo, aconteceu que mulheres obtiveram a ressurreição de seus mortos. Folheia o Antigo e o Novo Testamento: constatarás que as mais maravilhosas ressurreições tiveram por principais, senão únicas testemunhas, mulheres, e foram realizadas por elas ou em seu favor. O Antigo Testamento menciona dois mortos ressuscitados a pedido de uma mãe: por Eli, e por seu discípulo Eliseu. Quanto ao Evangelho, relata três ressurreições, operadas pelo Senhor, e nas quais mulheres desempenharam um papel. Ele confirma assim a palavra apostólica a que faço alusão: "As mulheres obtiveram a ressurreição de seus mortos." Jesus, tocado de compaixão, entregou a uma mãe, viúva, o filho que ele ressuscitou diante da porta de Naim. Atendendo à oração das irmãs Marta e Maria, chamou seu amigo Lázaro à vida. "As mulheres obtiveram a ressurreição de seus mortos": esta frase se aplica mesmo à filha do chefe da sinagoga, ressuscitada por Nosso Senhor a pedido do pai, pois que essa jovem recuperou assim seu próprio corpo, como outras haviam recuperado o de seus próximos. Não foram necessárias muitas preces para provocar esses milagres. As de vossa piedosa comunidade obterão facilmente que me seja conservada a vida! O voto de abstinência e de castidade, pelo qual as mulheres se consagram a Deus, o tornam mais atento e mais propício. Talvez a maior parte daqueles que o Senhor ressuscitou não tivesse nem mesmo a fé: o Evangelho não nos apresenta como uma de suas fiéis a viúva cujo filho ele ressuscitou, sem que ela lho pedisse? Nós, ao contrário, estamos não apenas unidos pela integridade da fé, mas associados pela profissão religiosa.

Mas deixemos vossa santa comunidade, onde a piedade de tantas virgens e viúvas se oferece em sacrifício ao Senhor. Retorno a ti, cuja santidade não duvido seja muito poderosa junto a Deus, e que me deves uma ajuda toda particular na provação de uma tão grande adversidade. Lembra-te sempre em tuas orações daquele que te pertence pessoalmente. Persevera nelas ainda com mais confiança por serem, reconheces, mais legítimas e, portanto, mais agradáveis àquele que as recebe. Escuta mais uma vez, eu suplico, com o ouvido do coração o que muitas vezes ouviste com o do corpo. Está escrito nos *Provérbios*: "A mulher diligente é uma coroa para seu marido." E em outra parte: "Aquele que encontrou uma mulher virtuosa encontrou o bem verdadeiro e recebeu do Senhor uma fonte onde encontra a alegria." Alhures ainda: "Tem-se dos pais sua casa, sua fortuna, mas de Deus somente uma mulher sábia." No *Eclesiastes*: "Feliz o marido de uma mulher de bem."

Algumas linhas mais longe: "Uma mulher virtuosa é um bom partido." Finalmente, a autoridade do apóstolo nos atesta que "o esposo infiel é santificado pela esposa fiel". A graça divina o provou de forma especial na história do Reino da França, no dia em que o rei Clóvis, convertido à fé do Cristo pelas preces de sua esposa mais do que pela pregação dos santos, submeteu o reino inteiro às leis divinas. O exemplo dos grandes induz assim os pequenos a perseverar na prece. A parábola do Senhor, por sua vez, nos convida com veemência: "Se ele continua a bater, eu vos asseguro que seu amigo acabará por se levantar e lhe dar, para se livrar dele, senão por amizade, tudo de que ele necessita." Foi por esse tipo de importunidade na prece que Moisés, como disse mais acima, conseguiu amenizar o rigor do justiceiro divino e modificar sua sentença.

Tu sabes, minha muito querida, de que zelo caridoso tua comunidade testemunhou outrora quando orava em minha presença. Tinha-se com efeito o hábito de terminar a cada dia a recitação das horas canônicas por uma súplica especial em meu favor: cantava-se um responsório e um versículo, seguidos de uma prece e uma invocação. O texto era esse:

Responsório: Não me abandones, Senhor, não te afastes de mim.
Versículo: Está sempre atento a me socorrer, Senhor.
Súplica: Salva, meu Deus, teu servidor que espera em ti. Senhor, atende minha prece e que meu grito se eleve até ti.

Invocação: Deus, que dignaste, pela mão de teu humilde servidor, reunir em teu nome tuas pequenas servas, nós te rogamos lhe conceder, bem como a nós mesmas, de perseverar em tua vontade. Por nosso Senhor, etc.

Agora que me encontro longe de vós, o socorro de vossas preces me é tanto mais necessário quanto a ameaça do perigo me angustia ainda mais. Peço-vos, pois, com insistência, suplico-vos que provem a um ausente a sinceridade de vosso amor, acrescentando a cada hora do ofício:

Responsório: Não me abandones — Senhor, pai e senhor de minha vida, de medo que eu caia perante meus adversários e que meu inimigo se alegre a meu respeito.
Versículo: Toma tuas armas e teu escudo, e levanta-te em minha defesa, de medo que ele se alegre.
Súplica: Salva, meu Deus, teu servidor que espera em ti. Do santuário, envia-lhe, Senhor, teu socorro; de Sião, protege-o. Seja para ele, Senhor, uma fortaleza face a seu inimigo. Senhor, atende minha prece, e que meu grito se eleve até ti.
Invocação: Deus, que dignaste, pela mão de teu humilde servidor, reunir em teu nome tuas pequenas servas, nós te pedimos para o proteger contra toda adversidade e o trazer são e salvo a tuas servas. Por Nosso Senhor, etc.

Se Deus me entregar nas mãos dos meus inimigos e se estes, enfurecidos, me assassinarem; ou se, enquanto estiver retido longe de vós, um acidente qualquer me conduzir à morte para a qual toda carne caminha, eu vos suplico, qualquer que seja o lugar onde meu cadáver tenha sido sepultado ou exposto, que o façais transferir para vosso cemitério. Assim a visão perpétua de minha tumba animará minhas filhas, ou antes minhas irmãs no Cristo, a espalharem por mim preces perante Deus. Nenhum outro asilo, estou certo, seria mais seguro ou salutar, para uma alma dolorosa e afligida por seus pecados, do que esse consagrado ao verdadeiro Paracleto, quer dizer ao Consolador, cujo nome o designa de forma toda especial. De resto, não se saberia melhor situar uma sepultura cristã que, de preferência a toda outra comunidade de fiéis, entre mulheres consagradas ao Cristo. De fato, foram mulheres que tomaram conta do túmulo de Nosso Senhor Jesus Cristo, para ali levaram bálsamos, antes e depois do enterro, e ali se lamentaram, tal como está escrito: "As mulheres, sentadas junto à tumba, se lamentavam e choravam o Senhor." Nesse lugar, elas foram consoladas primeiro pela aparição e as palavras do anjo que lhes anunciou a ressurreição. Em seguida, mereceram experimentar a alegria dessa própria ressurreição, pois o Cristo lhes apareceu duas vezes, e elas lhe tocaram as mãos.

Finalmente, mais do que tudo, peço-vos que transfirais para minha alma o cuidado excessivamente grande que vos dão atualmente os perigos do meu corpo. Provai ao morto quanto amastes o vivo, dando-lhe o socorro todo especial de vossas orações.

Vivei, portai-vos bem, tu e tuas irmãs.

Vivei, mas, eu te imploro, lembrai-vos de mim no Cristo.

De Heloísa a Abelardo

Convento do Paracleto

A seu único depois do Cristo,
seu único no Cristo.

Espanto-me, ó meu único, de ver, na assinatura de tua carta, meu nome, contrariamente ao uso e à ordem natural, preceder o teu: a mulher preceder o homem; a esposa, o esposo; a serva, seu amo; a religiosa, o monge e o padre; a diaconisa, o abade. A justiça e as conveniências exigem que, ao se escrever a superiores ou a iguais, se coloque seu nome em primeiro lugar, mas, ao se dirigir a inferiores, deve-se respeitar a ordem das dignidades.

Não fiquei menos comovida pelo conteúdo dessa carta: ela deveria nos trazer consolações; ela simplesmente aumentou nossa dor. Levaste às lágrimas daquelas mesmas que devias apaziguar. Qual de nós poderia com efeito ler com olhos secos, no final de tua carta: "Se Deus me entrega nas mãos de meus inimigos e se esses, enfurecidos, me assassinam, etc.?" Meu bem-amado, que idéia tu alimentas então; que linguagem pode te subir aos lábios? Possa Deus jamais esquecer a tal ponto suas pequenas servas, que ele as deixe te sobreviver! Possa ele jamais nos conceder assim uma sobrevida pior que todos os gêneros de morte! É a ti que cabe celebrar nossos funerais, recomendar nossas almas a Deus e lhe enviar, à tua frente, o rebanho que reuniste para ele. Assim, toda inquietação a nosso respeito te abandonaria, e tu nos seguirias com uma alegria tanto mais perfeita que estarias mais seguro de nossa salvação.

Poupa-nos, ó meu senhor, poupa-nos, eu te suplico, semelhantes palavras que não fazem senão aumentar nossa infelicidade! Não nos tires, antes da morte, o que faz nossa vida. A cada dia basta sua pena, e esse dia, cheio de amargor, trará bastante dor a todos que ele vir neste mundo! "Por que", escreve Sêneca, "dever-se-ia ir adiante da infelicidade e perder a vida antes de morrer?"

Tu me pedes, meu bem-amado, caso algum acidente durante nossa separação te roube a vida, que faça transferir teu corpo para nosso cemitério a fim de que, tua lembrança não nos deixando mais, te assegure entre nós uma colheita mais abundante de preces. Mas como podes supor que tua lembrança venha a se apagar em nós? Que liberdade teremos para rezar, quando nossa alma conturbada tiver perdido todo repouso, nosso espírito a razão e nossa língua o uso da fala? Quando nossos corações enlouquecidos, encontrando no pensamento de Deus um motivo de cólera mais do que de enternecimento, serão mais bem dispostos a irritar o Criador por suas queixas do que a apaziguá-lo por orações? Incapazes de orar, não saberemos então senão chorar, mais pressurosas a te seguir do que a te sepultar. Não serviremos senão para compartilhar tua sepultura, mais do que a ela prover. Em ti perderemos nossa razão de ser: como poderemos viver sem ti?

Possamos nós morrer antes! O simples pensamento de tua morte já é para nós uma espécie de morte. Qual será então a realidade brutal, se ela nos encontra ainda vivas? Deus, eu o espero, não permitirá que te sobrevivamos para te prestar esse dever, para te dar essa assistência que esperamos antes de ti. Cabe a nós te preceder, não te seguir: faça o Céu que assim seja! Poupa-nos, portanto, eu te suplico; poupa ao menos tua bem-amada, e retém palavras que transpassam nossa alma de um punhal de morte: essa agonia é pior do que o passamento.

O coração muito acabrunhado não conhece mais repouso; o espírito devastado por tais perturbações não saberia cumprir o serviço de Deus com sinceridade. Eu to peço, deixa de impedir assim a celebração deste serviço, ao qual tu nos obrigaste acima de tudo. Desejamos antes que os golpes inevitáveis e os mais cruéis da sorte sobrevenham subitamente, e nos evitem a angústia de uma apreensão de que nenhuma previsão humana pode desviar o objeto. Tal é o pensamento do poeta quando dirige a Deus estes versos:

Que teus golpes sejam súbitos, e cego
O espírito do homem ao destino futuro.
Deixa, ao temor, a esperança.

Mas que me resta esperar, agora que te perdi? De que adianta prosseguir essa jornada terrestre em que eras meu único apoio? Em que minha última alegria, desde que todas as outras me foram proibidas, era te saber vivo? De que adianta, uma vez que tua presença me foi roubada, ela que somente podia me devolver a mim mesma?

E não me é permitido exclamar: Deus não cessou de ser cruel para mim! Ó clemência inclemente! Ó fortuna infortunada! O destino esgotou contra mim seus golpes assassinos, a ponto em que não lhe resta onde atingir. Ele esvaziou sobre mim sua aljava, e ninguém mais do que eu teme seus assaltos. Tivesse-lhe restado uma única flecha, ela teria antes procurado onde fazer uma nova ferida sobre mim. A única coisa que ele teme, sempre me infligindo seus golpes, é que minha morte ponha fim a esse suplício. Sem cessar de ferir, ele teme me conduzir a um desenlace que ela apressa. Ó infeliz entre as infelizes! Infortunada entre as infortunadas, tu me elevaste entre as mulheres a um posto sublime de onde me vejo precipitada por uma fatalidade tanto mais dolorosa para nós dois!

Quanto mais alto se sobe, mais pesada é a queda. Que nobre dama, que princesa jamais ultrapassou, jamais igualou minha felicidade, e depois meu rebaixamento e meus sofrimentos? Que glória o destino me deu em ti! Que golpe ele me fez em ti! Que excesso não mostrou ele em relação a mim, em todos esses acontecimentos! Os bens e os males, ele me supriu de tudo sem medida. Para fazer de mim o mais miserável dos seres, ele me trouxe antes alegrias inauditas: assim pesando tudo o que perdi, consumo-me em queixas tanto mais lamentáveis quanto mais imensa é essa perda; mais eu havia amado minha felicidade, e mais eu cedo ao amargor da saudade; minhas volúpias terminam num abatimento de tristeza.

Para que essa injustiça provocasse uma indignação maior, todos os direitos da eqüidade foram revertidos contra nós. Enquanto saboreávamos as delícias de um amor inquieto e (para me servir de uma palavra brutal mas expressiva) nos entregávamos à devassidão, a severidade divina nos poupou. Mas, a partir do dia em que legitimamos esses prazeres ilegítimos e cobrimos com a dignidade conjugal a vergonha de nossas fornicações, a cólera do Senhor se abateu pesadamente sobre nós. Nosso leito imundo não o havia comovido: ela se desencadeou quando o purificamos.

Em relação a um homem surpreendido em adultério, a pena que sofreste não teria sido um suplício injusto. Mas o que outros merecem pelo adultério foi o casamento que to acarretou: o casamento, que te parecia reparar devidamente teus erros! O que uma mulher adúltera atrai a seu cúmplice, tua própria esposa to atraiu. Não foi mesmo à época dos nossos prazeres que sobreveio esta desgraça, mas ao tempo de nossa separação; tu te encontravas em Paris, à frente da tua escola, e eu em Argenteuil, no convento onde me fizeste entrar; estávamos separados um do outro a fim de nos entregarmos, tu com mais ardor a teus estudos, eu com mais liberdade à prece e à meditação da Escritura, e levávamos de parte a parte uma existência tão casta quanto santa. E foi então que expiaste, sozinho, no teu corpo, nossa falta comum! Foste o único no castigo: fôramos dois na falta; eras o menos culpado, e foste tu que tudo expiaste. Humilhando-te por mim, com efeito, elevando-me, com toda minha família, não havias tu reparado o bastante tua falta para que Deus, e esses próprios traidores, não te impusessem senão uma pena ligeira?

Infeliz, que nasci para ser a causa de um tal crime! As mulheres não poderão então jamais conduzir os grandes homens senão à ruína! Eis por que sem dúvida o livro dos *Provérbios* põe em guarda contra elas: "Agora, portanto, meu filho, escuta e dá atenção às minhas palavras. Que teu coração não se desvie sobre os caminhos da mulher. Não te desvies em seus atalhos, pois assim ela feriu e abateu muitos: os mais corajosos foram mortos por ela. Sua casa é a entrada dos infernos, e conduz ao coração da morte." E no *Eclesiastes*: "Considerei tudo em espírito, e achei a mulher mais amarga do que a morte. Ela é a cilada dos caçadores, e seu coração é uma armadilha. Suas mãos são correntes. O amigo de Deus lhe escapará, mas ela fará o pecador sua presa." Já a primeira mulher, no jardim do Éden, seduziu o primeiro homem: criada pelo Senhor para lhe trazer assistência, ela foi sua perda. Sansão, forte entre os fortes, homem de Deus cujo nascimento um anjo anunciou, foi vencido apenas por Dalila, que o traiu, o entregou, o privou da vista, e o reduziu a tamanha miséria que ele preferiu esmagar a si próprio junto com seus inimigos, sob as ruínas do templo. Salomão, o sábio dos sábios, desviado do caminho da virtude pela mulher a quem se havia unido, perdeu-se numa tal demência que, em sua velhice, se deixou levar pela idolatria, ele que o Senhor havia escolhido preferindo-o ao justo Davi, seu pai, para construir o Templo! Abandonou o culto divino, de que havia em seus escritos e por sua palavra pregado a necessidade. O santo homem Jó sofreu, da parte de sua mulher, o último e o mais grave ultraje, quando ela o fez maldizer a Deus. O manhoso Tentador, instruído por tantas experiências, bem sabia que a esposa de um homem é o instrumento mais dócil de sua ruína. Foi ele que, estendendo a nós sua costumeira malícia, perdeu pelo casamento aquele que não pôde perder pela fornicação. Utilizou o bem tendo em vista um mal, não tendo podido se servir do mal ele mesmo para esse fim.

Posso ao menos render graças a Deus: com efeito, enquanto meu amor foi a ocasião de sua obra perversa, Satã não pôde me fazer consentir à traição, como o fizeram todas essas mulheres. Entretanto, embora minha reta intenção me justifique e meu coração permaneça puro deste crime, os numerosos pecados que cometi antes da nossa infelicidade me proíbem de me crer completamente inocente. Durante muito tempo submissa às volúpias carnais, mereci o que sofro hoje; meu sofrimento é a justa conseqüência de minhas faltas passadas. Nada termina mal que não tenha sido mau desde o início.

Possa eu fazer uma digna penitência do meu pecado, e sofrer uma expiação longa o suficiente para compensar, se isso é possível, o castigo cruel que te foi infligido! Possa eu sofrer, em toda justiça, minha vida toda, pela contrição do espírito, o que tu sofreste um instante em tua carne: a fim de satisfazer a ti, pelo menos, senão a Deus!

Devo eu, com efeito, confessar-te toda a debilidade do meu miserável coração? Não consigo suscitar em mim um arrependimento capaz de aplacar a Deus. Não cesso, ao contrário, de acusar sua crueldade a teu respeito. Eu o ofendo com movimentos de revolta contra sua vontade, em vez de pedir, pela penitência, sua misericórdia. Pode-se dizer que se faz penitência, seja qual for a mortificação que se impõe ao corpo, quando a alma conserva o gosto do pecado e arde de antigos desejos? Certamente, é bom se acusar em confissão de suas faltas, e mesmo infligir mortificações exteriores. Mas quão difícil é arrancar de seu coração o amor das mais doces volúpias! O santo homem Job disse com razão: "Lançarei meu discurso contra mim mesmo." Com isso ele quer dizer: desatarei a língua e abrirei a boca para confessar minhas faltas. Acrescenta em seguida: "Falarei no amargor de minha alma." São Gregório comenta assim essa passagem: "Há pessoas que confessam seus pecados em alta voz mas que, não sabendo acompanhar com uma contrição sincera essa confissão, dizem rindo o que deveriam dizer com soluços... Portanto, aquele que confessa suas faltas, detestando-as verdadeiramente, deve falar no amargor de sua alma, a fim de que esse próprio amargor seja a punição das faltas proclamadas pela língua sob o julgamento do espírito."

Esse verdadeiro amargor do arrependimento é bem raro, observa Santo Ambrósio: "Encontrei", diz ele, "mais almas que haviam conservado sua inocência do que verdadeiros penitentes." Os prazeres amorosos que juntos experimentamos têm para mim tanta doçura que não consigo detestá-los, nem mesmo expulsá-los de minha memória. Para onde quer que eu me volte, eles se apresentam a meus olhos e despertam meus desejos. Sua ilusão não poupa meu sono. Até durante as solenidades da missa, em que a prece deveria ser mais pura ainda, imagens obscenas assaltam minha pobre alma e a ocupam bem mais do que o ofício. Longe de gemer as faltas que cometi, penso suspirando naquelas que não pude cometer.

Não foram só nossos gestos que permaneceram profundamente gravados em minha memória, junto com tua imagem; mas também os lugares, as horas que deles foram testemunhas, a ponto de eu ali me reencontrar contigo, repetindo esses gestos, e não encontro repouso nem mesmo no meu leito. Às vezes, os movimentos do meu corpo traem os pensamentos da minha alma, palavras reveladoras me escapam...

Ó infeliz, bem digna que se lhe aplique esta queixa de um coração ferido: "Infeliz, quem me livraria desse corpo de morte?" E não posso verdadeiramente acrescentar o que segue: "Graças a Deus, por Nosso Senhor Jesus Cristo!"

Essa graça, meu bem-amado, veio a ti por si. Um único ferimento em teu corpo bastou para curar todas as chagas da tua alma. No instante em que Deus parecia mostrar mais rigor contra ti, ele te era mais propício, à maneira do bom médico que não hesita em infligir um sofrimento se a cura dele depende. Ao contrário, eu ardo de todas as chamas que atiçam em mim os ardores da carne, as de uma juventude ainda muito sensível ao prazer, e a experiência das mais deliciosas volúpias. Suas mordidas me são tanto mais cruéis quanto mais fraca é a natureza que lhes é entregue.

Louva-se minha castidade, porque se ignora a que ponto sou falsa. Exalta-se como uma virtude a continência do meu corpo, enquanto a verdadeira continência é fruto menos da carne que do espírito. Os homens repetem meus louvores, mas não tenho nenhum mérito aos olhos do Deus que sonda os rins e os corações e para quem nada permanece escondido. Julgam-me piedosa, certamente; mas em nossos dias, por uma grande parte, a religião não é senão hipocrisia, e faz-se uma reputação de santidade a quem não perturba os preconceitos do mundo.

De fato talvez seja louvável, e de uma certa forma agradável a Deus, qualquer que seja a verdade do coração, não escandalizar a Igreja pelo exemplo de uma má conduta: tira-se assim dos infiéis um pretexto para blasfemar o nome do Senhor, dos libertinos uma razão de difamar a vida monástica de que se faz profissão. Isso também é um dom, sem dúvida, da graça divina, cuja influência não apenas nos faz agir segundo o bem mas também nos faz abster do mal. Mas então? De que adianta abster-se do mal se não se pratica realmente o bem? "Afasta-te do mal", diz a Escritura, "e pratica o bem." Em vão seguiríamos à risca este conselho, se não o fizéssemos por amor a Deus!

Em todos os estados a que a vida me conduziu, Deus o sabe, foi a ti, mais do que a ele, que temi ofender; foi a ti, mais do que a ele, que procurei agradar. Foi por tua ordem que tomei o hábito, não por vocação divina. Vê, então, que vida infeliz eu levo, miserável entre todas, arrastando um sacrifício sem valor e sem esperança de recompensa futura! Minha dissimulação te enganou muito tempo, como a todo o mundo, e tu chamavas piedade minha hipocrisia. Tu te recomendas particularmente às minhas orações: tu reclamas de minha parte o que espero de ti. Deixa, eu o imploro, de tanto presumir de minha natureza, mas não deixes de me ajudar por tua oração. Não penses que eu esteja curada; não prives do benefício de teus cuidados. Não creias que eu tenha saído da indigência, teus socorros me são muito necessários. Não avalies mal minha força, com medo de que eu desmorone antes de obter de ti um apoio.

A lisonja perdeu muitas criaturas, privando-as de um apoio indispensável. O Senhor nos grita pela boca de Isaías: "Ó meu povo, aqueles que te cobrem de louvores te enganam e desviam teu caminho sob teus passos." E pela de Ezequiel: "Malditos sede vós que pondes coxins sob os cotovelos do mundo e travesseiros sob sua cabeça, para abusar das almas!" Finalmente pela de Salomão: "As palavras dos sábios são como aguilhões, como pregos profundamente enfiados e que, penetrando a carne, a rasgam."

Deixa, pois, eu te suplico, teus elogios, com medo de incorrer na censura infamante de lisonja e de mentira. Mesmo que acredites encontrar em mim um bem verdadeiro, receias vê-lo esvanecer-se ao sopro vão do elogio. Todo médico hábil julga um mal interno por seus sintomas externos. O que os condenados e os eleitos possuem em comum não tem valor aos olhos de Deus: assim a fidelidade às práticas exteriores, que entre os santos é muitas vezes menor do que entre os hipócritas. "O coração do homem é perverso e insondável: quem o conhecerá?" "Há caminhos para o homem que parecem retos, mas que, ainda assim, terminam na morte." "O julgamento do homem é temerário nas coisas reservadas ao exame de Deus." É por isso que ainda está escrito: "Não louves um homem durante sua vida." Em outros termos: jamais louves um ser humano, de medo que no instante mesmo em que o louvas não seja digno de elogio.

Vindo de ti, o elogio me é tanto mais perigoso quanto mais doce. Eu o recebo e nele me deleito, com um ardor igual a meu desejo de te agradar em tudo. Alimenta, eu o suplico, a meu respeito, mais temor do que confiança: assim tua solicitude estará sempre pronta a me socorrer. Mais do que nunca deves temer agora que minha incontinência não encontra mais remédio em ti!

Não quero que, para me exortar à virtude e me excitar ao combate, tu declares: "A virtude tem seu coroamento na infelicidade", ou: "Aquele que não tiver combatido até o fim não obterá sua recompensa." Não ambiciono a coroa do vencedor, basta-me evitar o perigo. É mais seguro fugir ao perigo do que provocar a batalha. Em algum recanto do céu que Deus mais tarde me dê, ele terá feito bastante por mim. Lá em cima, ninguém inveja ninguém; a cada um bastará sua própria parte. Será preciso dar mais autoridade a meu pensamento? Escutemos São Jerônimo: "Confesso minha fraqueza, diz ele; recuso-me a combater pela simples esperança de vencer e no temor de ser vencido." De que serve abandonar uma regra segura de conduta e buscar um fim incerto?

De Abelardo a Heloísa

Abadia de Saint-Gildas

À esposa do Cristo, o servidor do Cristo.

A exposição que com emoção me fazes, em tua última carta, de teus agravos contra mim, resume-se, me parece, em quatro pontos. Tu te queixas de que, contrariamente ao uso epistolar e mesmo à ordem natural, coloquei teu nome antes do meu na fórmula de saudação. Depois, do fato de que (longe de te trazer, como devia, o socorro dos meus consolos, aumentei tua ansiedade escrevendo: "Se Deus me entregar nas mãos dos meus inimigos e se estes, encolerizados, me assassinarem, etc.") excitei as lágrimas que eu deveria ter antes enxugado. Retomas em seguida teus perpétuos murmúrios contra Deus, condenando a maneira pela qual se fez nossa conversão à vida religiosa, e lamentando a traição cruel de que fui vítima. Por fim, opões aos elogios que te dirigia, uma acusação em regra contra ti mesma, e me suplicas com veemência de não presumir muito de ti.

Passo a responder a cada um desses pontos, menos para me defender pessoalmente do que para te trazer o socorro da minha doutrina.

Meus pedidos, que tu rejeitavas, te parecerão bastante aceitáveis quando tiveres compreendido sua sabedoria. Receberás de mais boa vontade meus conselhos quando souberes o quão pouco mereço tuas censuras; e temerás rejeitar meus conselhos, na medida mesma em que me julgarás menos culpado.

Inverti, tu dizes, a ordem habitual das palavras na fórmula de saudação. Observa, se te agrada, que nisso simplesmente me conformei ao teu pensamento. Em regra geral, com efeito, tu mo indicas tu mesma, quando se escreve a superiores, deve-se colocar seu nome em primeiro lugar. Ora, sabe-o bem, tu te tornaste minha superiora no dia em que, tomando por esposo meu Senhor, adquiriste sobre mim direito de autoridade, segundo essas palavras de São Jerônimo, escrevendo a Eustóquia: "Eu digo: Eustóquia, minha senhora, porque devo este nome à esposa do meu Senhor."

Feliz mudança do teu estado conjugal: outrora esposa de um ser miserável, foste elevada até o leito do Rei dos reis, e este privilégio honroso te colocou acima, não apenas do teu esposo humano, mas de todos os demais servidores desse Rei. Não te espantes, pois, se me recomendo muito particularmente, vivo ou morto, a tuas orações: todo o mundo sabe que a intercessão de uma esposa junto de seu Esposo tem mais peso do que aquela mesma de todo o resto da família; a Dama tem mais crédito do que a serva. Uma expressão típica desta prerrogativa nos é dada a propósito da rainha, esposa do soberano Rei, no salmo: "A rainha está sentada à tua direita." Isto é, mais explicitamente: unida a seu esposo pelo laço mais estreito, ela se mantém a seu lado e anda à sua altura, enquanto todos os demais permanecem à distância e o seguem de longe. A esposa do Cântico, essa etíope com quem Moisés, se posso assim interpretar os textos, se havia unido, exclama exultante ao pensamento do seu glorioso privilégio: "Sou negra, mas bela, ó filhas de Jerusalém. Por isso o rei me amou e me introduziu em seu quarto." E em outra parte: "Não considereis que eu seja morena e que o sol mudou a cor da minha pele." Geralmente, é bem verdade, aplicam-se essas palavras à alma contemplativa, designada de forma especial como a esposa do Cristo. Não obstante, como testemunha teu hábito monástico, elas se referem ainda mais adequadamente a ti. Com efeito, esses panos negros e de um tecido grosseiro, semelhantes aos que usam, em sua luta, as santas viúvas que choram um morto amado, mostram que tu e tuas irmãs sois verdadeiramente no mundo, segundo a palavra do apóstolo, essas viúvas inconsoláveis que a Igreja deve sustentar com seus fundos. A Escritura pinta a cor dessas esposas gemendo sobre o assassinato de seu esposo: "As mulheres sentadas junto ao sepulcro lamentavam-se chorando o Senhor."

A etíope tem a pele negra e parece, exteriormente, menos bela do que as outras mulheres. Mas, interiormente, longe de lhes ser inferior, ela as ultrapassa em alvura e brilho: assim pelos ossos, pelos dentes. A brancura de seus dentes é celebrada pelo próprio esposo, quando declara: "Seus dentes são mais brancos do que o leite." Negra por fora, bela por dentro: as vicissitudes e as tribulações da vida afligiram seu corpo e enegreceram o exterior de sua carne, segundo a palavra do apóstolo: "Todos aqueles que querem viver piedosamente no Cristo terão de sofrer a adversidade." Da mesma maneira que a cor branca é um símbolo de prosperidade, pode-se dizer que o negro representa a infelicidade. Por dentro, a esposa é branca por seus ossos, pois sua alma é rica de virtudes. Está escrito: "Toda a glória da filha do Rei vem de dentro." Os ossos, no interior do homem, recobertos pela carne, da qual eles fazem a solidez e a força, de que são o guia e o apoio, representam a alma que vivifica, sustenta, move e rege o corpo onde ela reside, comunicando-lhe sua firmeza. Sua brancura e sua beleza são as virtudes de que se ornamenta. Ela é negra por fora, pois, enquanto viaja, exilada, sobre a Terra, ela permanece na abjeção. Mas desde que é transportada a essa outra vida oculta em Deus com o Cristo, ela toma posse de sua verdadeira pátria.

O sol da verdade muda a cor de sua pele, pois o amor do seu esposo celeste a humilha e a abate de provações, de medo que a prosperidade a ensoberbeça. Ele muda a cor de sua pele, quer dizer que ele a torna diferente das outras mulheres, que aspiram aos bens deste mundo e buscam sua glória. Através da humildade, ele faz dela um verdadeiro lírio dos vales: não um lírio das montanhas, como as virgens loucas que, enfatuadas por sua pureza corporal e por suas práticas de abstinência, se ressecam ao fogo das tentações. É portanto bem corretamente que, dirigindo-se às filhas de Jerusalém, isto é, aos fiéis imperfeitos que merecem o nome de "filhas" antes que de "filhos", ela lhes diz: "Não considereis que sou morena, pois o sol mudou a cor da minha pele." Em termos mais claros: nem minha humildade, nem minha força na adversidade vêm da minha própria virtude, mas da graça daquele a quem sirvo.

Os hereges, ao contrário, e os hipócritas afetam à face do mundo uma vã mortificação e uma humildade de que contam tirar vantagens terrestres. Um rebaixamento voluntário tão vil, uma força de alma tão pervertida permanecem para mim uma questão inesgotável de espanto. Essas pessoas não são as mais miseráveis das criaturas, frustrando-se a si próprias quanto aos bens desta vida, e sem esperança de recompensa eterna? A tal pensamento, a esposa exclama: "Não vos espanteis de que eu aja assim!" Nosso único motivo válido de espanto é a vaidade desses homens que, penando em função de uma glória terrestre, se privam das doçuras terrestres, e perdem juntamente o tempo e a eternidade. Tal é a continência das virgens loucas, expulsas da porta de seu esposo. Mas aquela que é ao mesmo tempo negra e bela declara a justo título que o rei a ama e a introduziu em seu quarto, isto é, no segredo e no repouso da contemplação, nesse leito do qual ela diz em outra parte: "Durante as noites, busquei sobre meu leito aquele que minha alma estima."

A feiúra de sua tez negra prefere com efeito a sombra à luz, a solidão à multidão. Uma tal esposa aspira junto de seu esposo a prazeres antes secretos que públicos, ela ama antes o contato obscuro do leito que o espetáculo da mesa. Muitas vezes acontece mesmo que a tez das mulheres negras, menos doce ao olhar, o seja mais ao tocar, e que as alegrias ocultas de seu amor sejam mais comoventes do que as que elas proporcionam em público. Também seus maridos, para gozar delas plenamente, preferem introduzi-las em seu quarto, em vez de o fazer no mundo. É em virtude desta metáfora que a esposa espiritual, depois de ter declarado: "Sou negra, mas bela", acrescenta imediatamente: "Eis por que o rei me amou e me introduziu em seu quarto."

Ela estabelece assim a relação das causas e dos efeitos: porque ela é bela, o rei a amou; porque ela é negra, ele a introduziu em seu quarto. Bela, eu o disse, por suas virtudes interiores, às quais o esposo é sensível; negra, pela adversidade que a marcou no exterior. Essa negritude, efeito das tribulações corporais, arranca facilmente o espírito dos cristãos ao amor dos bens terrestres, e volta seus desejos para a vida eterna. Às vezes mesmo, ela os leva a abandonar um século tumultuado pelas solidões da contemplação. Foi assim que, segundo São Jerônimo, o apóstolo São Paulo abraçou primeiramente a vida monástica, a nossa. O aspecto grosseiro das nossas vestes convida-nos a uma existência retirada mais que mundana; torna-se assim a guarda mais segura da pobreza e do silêncio que convêm à nossa profissão. Nada leva mais a uma vida pública do que a elegância das roupas. Da mesma forma, não se busca esta senão tendo em vista uma glória vã e as pompas do século. "Ninguém se aprimora no vestir para permanecer escondido, diz São Gregório, mas antes para ser visto."

Quanto ao quarto de que fala o esposo, é o mesmo onde no Evangelho o Esposo nos convida a vir orar, quando nos diz: "Mas tu, quando orares, entra no quarto e, de portas fechadas, dirige tua prece a teu Pai." Ele parece subentender: "Não o faças em lugares públicos, como os hipócritas." Por "quarto", ele quer, portanto, designar um lugar retirado, longe dos ruídos e dos espetáculos do mundo, onde seja possível uma oração mais tranqüila e mais pura: tais são as solitudes monacais, das quais nos é ordenado "manter as portas fechadas", isto é, fechar todos os acessos de medo que a pureza da oração seja perturbada e que nosso olho atraia algum prejuízo para a nossa infeliz alma. É para mim uma dor incessante ver, sob nosso hábito, tantos que desprezam esse conselho, que digo? Esse preceito divino! Quando celebram o ofício, abrem as portas do claustro e as grades do coração, e se oferecem imprudentemente em espetáculo a um público dos dois sexos, sobretudo se alguma solenidade litúrgica os reveste de ornamentos suntuosos. Eles rivalizam então em luxo profano com aqueles aos olhos de quem se exibem. Segundo seu parecer, a beleza de uma festa religiosa depende da riqueza das pompas exteriores e da abundância de oferendas de que é pretexto. Sua cegueira infeliz é a própria negação do ideal de pobreza pregado pelo Cristo. Mais vale não dizer mais nada: seria escândalo falar nisso. São judeus de coração: o hábito toma o lugar da regra; as tradições a que se atêm fazem da lei de Deus letra morta. Obedecem menos a seu dever que ao costume, esquecidos desse texto em que Santo Agostinho nos lembra que o Senhor disse: "Eu sou a verdade", e não: "Eu sou o costume."

Que outros se recomendem, se lhes agrada, a essas orações feitas a portas abertas! Quanto a vós que, introduzidas no quarto do Rei celeste e repousando em seus braços, vos dais a ele inteiramente, por trás de portas sempre fechadas, vossas preces me são um apoio tanto mais seguro, mais verdadeiro e eficaz quanto vós vos unis mais intimamente a vosso Esposo. "Aquele que está unido ao Senhor faz com ele um único espírito", diz o apóstolo: eis por que reclamo com tanta insistência vossa ajuda espiritual. Sei com efeito que rezareis por mim com um fervor igual à perfeita caridade que nos liga.

Eu as perturbei falando dos perigos que corro e da morte que me preocupa, mas foi a vosso pedido mesmo que o fiz. Tu me dizias, na primeira carta que me endereçaste: "Também te suplicamos, pelo Cristo que em vista de sua própria glória te protege ainda de uma certa forma, nós, suas pequenas servas e tuas também, que se digne nos escrever freqüentemente para nos pôr a par das tempestades pelas quais és hoje sacudido. Somos as únicas criaturas que te restam; ao menos participaremos assim de teus sofrimentos e de tuas alegrias. As simpatias, geralmente, proporcionam um certo consolo àquele que sofre; um fardo que pesa sobre muitos é mais leve de sustentar, mais fácil de carregar." Por que então me censurar de vos fazer partilhar minha angústia, pois se tu mesma mo pediste para o fazer? Conviria que estivésseis em paz enquanto eu arrasto uma existência desesperada? Ou antes não desejaríeis vos associar senão às minhas alegrias, e não aos meus sofrimentos, rir com aqueles que riem, mas não chorar com os que choram? A única diferença entre os verdadeiros e os falsos amigos é exatamente esta: uns tomam parte em nossas penas, os outros se limitam a compartilhar nossa prosperidade. Deixa então, eu te imploro, de me falar assim; abandona essas recriminações que não procedem absolutamente da caridade.

Se, ao exprimir esses pensamentos, eu firo ainda tua suscetibilidade, pensa que, na iminência do perigo em que me encontro, na incerteza desesperadora da minha vida quotidiana, devo me inquietar com minha salvação e buscar assegurá-la enquanto ainda é tempo. Se me amas verdadeiramente, compreenderás minha preocupação. Mais ainda: se alimentasses uma esperança sincera na misericórdia divina a meu respeito, desejarias tanto mais ardentemente me ver livre das tristezas dessa vida, que consideras intoleráveis.

Não o ignoras: aquele que me libertará dessa existência me arrancará aos piores tormentos. Não sei que penas me estão reservadas depois da morte, mas sei bem a que escaparei morrendo! O fim de uma vida infeliz é sempre doce. Quem quer que se compadeça verdadeiramente da angústia de outrem, e dela participe de coração, deseja que ela tenha um fim. Tivesse ele que sofrer, aquele que ama verdadeiramente um infeliz está menos atento ao seu próprio bem do que ao desse ser querido. É assim que uma mãe vem a desejar que a morte ponha um termo aos sofrimentos muito longos de seu filho incurável: ela não pode mais vê-lo sofrer, e prefere perdê-lo a prolongar esse suplício. Por doce que seja a presença de um amigo, preferimos sabê-lo feliz longe de nós a miserável a nosso lado: não podendo aliviá-lo em sua infelicidade, não suportamos testemunhá-la.

Não te é dado, por certo, fruir de minha presença, por miserável que ela seja. Mas, uma vez que em tua felicidade já não há lugar para mim, por que então, eu me pergunto, preferes para mim, à alegria de morrer, a dor de prolongar esta vida? Se, por teu consentimento pessoal, desejas a continuação dos meus infortúnios, ages em relação a mim como inimiga mais do que como amorosa. Se desejas evitar que eu te considere assim, deixa, suplico-te ainda, de te queixar.

Aprovo-te, por outro lado, quando rejeitas meus elogios. Mostras assim que és verdadeiramente digna deles. Está escrito: "O justo é o primeiro dos seus próprios acusadores." E: "Quem quer que se humilhe eleva-se." Possa tua alma estar de acordo com tua pena! Se é verdadeiramente assim, tua humildade é por demais sincera para se esvanecer ao sopro das minhas palavras.

Mas fica atenta, eu te peço, para não procurares o louvor parecendo fugir dele, e reprovando em palavras o que desejarias do fundo do coração. A esse respeito, São Jerônimo escreve à mundana Eustóquia: "A natureza nos conduz ao mal. Ouvimos com prazer as lisonjas, e enquanto proclamamos nossa indignação, rugindo de um pudor aprendido, estremecemos interiormente de alegria."

Tal é a conduta da amável Galatéia, de quem Virgílio nos pinta a vaidade dissimulada: sua própria fuga testemunhava seu desejo; fingindo repelir um amante, ela o excitava nessa perseguição:

ela foge rumo aos salgueiros, mas deseja ser vista primeiro.

Ela deseja ser vista antes de desaparecer nesse esconderijo, e a fuga pela qual ela parece se furtar aos beijos do jovem é um meio de ela os assegurar para si. É assim que, parecendo fugir aos louvores, nós os provocamos ainda mais; fingindo nos esconder para dissimular o que temos de louvável, chamamos os elogios dos tolos aos olhos de quem não parecemos senão mais dignos.

Assinalo-te os efeitos dessa duplicidade, porque ela é muito freqüente, não porque eu suspeite de ti: não duvido de tua humildade. Limito-me a refrear teus excessos de linguagem, temendo que pareças, aos que te conhecem mal, "buscar a glória enquanto foges dela", como diz São Jerônimo.

Jamais te dirigirei louvores destinados a inflar tua vaidade, mas somente para te excitar a maior virtude ainda. Aquilo que em ti considerarei louvável, tu o cultivarás com um ardor igual a teu desejo de me agradar. Meus elogios não são um certificado de piedade de que possas te ensoberbecer: não se deve dar mais crédito aos elogios de um amigo do que aos vitupérios de um inimigo.

Volto agora a essa velha queixa que sem cessar retomas, a respeito das circunstâncias de nossa entrada na religião: tu a recriminas a Deus, em vez de o glorificar, como seria justo fazer. Os desígnios da Providência divina, pensei, são, naquilo que nos diz respeito, tão manifestos que todo amargor deve ser de uma vez por todas dissipado. Esse sentimento, que corrói pouco a pouco o próprio corpo e o espírito, é para ti tanto mais perigoso quanto mais aviltante, e mais injusto com relação a mim. Tu te esforças, me dizes, por me agradares em tudo. Seja. Mas se desejas me evitar ao menos os piores sofrimentos (senão merecer perfeitamente minhas boas graças!) rejeita esse amargor, que só poderia me penalizar, e não te ajuda em nada a ganhar comigo a beatitude eterna. Suportarias tu que eu a ela chegasse sem ti? Declaras que gostarias de me seguir até os abismos de Vulcão! Pede então ao Céu a virtude da piedade, quando não fosse para não te separares de mim que já me aproximo, como dizes, de Deus. Segue-me antes nesse caminho, e dá mostras de uma generosidade tanto maior quanto uma felicidade mais completa nos espera ao termo da viagem! Não haverá doçura igual à de tentar a aventura juntos.

Lembra-te daquilo que disseste; lembra-te de que escreveste a propósito das circunstâncias da nossa entrada na religião: parece hoje que Deus, longe de se ter mostrado cruel para comigo, foi-me ao contrário propício. Submete-te então a seus decretos, pois ao menos me são salutares: são também para ti, tu o reconhecerás no dia em que a tua dor cessar de se rebelar contra a razão. Deixa de te lamentares de teres sido a causa de um bem tão grande: não tens o direito de duvidar de que Deus tinha te criado para esse fim! Não chores mais pela minha provação, ou chora então pelos sofrimentos de todos os mártires e pela morte de Nosso Senhor. Se tivesse eu merecido esse castigo, tu o suportarias então com um coração mais leve, e te comoverias menos? Mas não! Se fosse assim, minha infelicidade te tocaria tanto mais quanto seria mais vergonhoso para mim e mais glorioso para meus inimigos: estes gozariam do prestígio de justiceiros, eu não teria de minha parte senão culpa e desprezo; ninguém sonharia em acusá-los de crime nem mostraria piedade por mim.

Entretanto, para adoçar a amargura de tua dor, proponho-me a te provar que essa provação me foi útil, e que a vingança de Deus se exerceu com mais justiça depois do nosso casamento do que se tivesse acontecido durante nossa ligação ilegítima.

Pouco tempo depois de termos recebido o sacramento, tu te lembras, estavas então retirada no convento de Argenteuil, vim um dia ver-te em segredo: minha concupiscência, desenfreada, satisfez-se contigo num canto do refeitório, à falta de outro lugar para nos entregarmos a esses divertimentos. Tu te lembras, digo, que não fomos retidos pela majestade daquele lugar consagrado a Virgem? Mesmo que não tivéssemos cometido outro crime, esse não seria digno do pior dos castigos? De que serve lembrar nossas antigas imundícies e as fornicações de que fizemos preceder o casamento? A vergonhosa traição da qual me tornei culpado para com teu tio, na casa em que vivia como familiar, quando, impudentemente, te seduzi? Quem então ousaria achar injusto que eu tenha sido traído por minha vez por aquele a quem, primeiro, traí afrontosamente? Pensas que a breve dor física que me foi imposta tenha bastado para vingar tais crimes? Antes: tais pecados mereciam tanta indulgência? Que ferimento, crês então, expiaria perante a Justiça divina a profanação de um lugar consagrado à Sua Mãe? Certamente, se não me engano, meus pecados terão sido menos expiados por um ferimento tão salutar que por minhas provações atuais.

Lembras-te também de que, quando durante tua gravidez enviei-lhe à Bretanha, tu te disfarçaste de religiosa para a viagem, e, para essa simulação, brincaste com a profissão que hoje é a tua? Vê então quanto a justiça, ou antes a graça divina, teve razão de te levar malgrado tua vontade a esse estado que não temesse tornar em escárnio. Ela quis que expiasses no próprio hábito que tu profanaste; que a verdade do efeito remediasse à mentira e reparasse a fraude.

Tais foram os caminhos da justiça divina. Mas ainda mais: considera nosso próprio interesse, e deverás reconhecer que em tudo isso Deus fez em nós, mais do que justiça, obra de graça. Pensa então, minha muito querida, pensa a que profundidade as redes da misericórdia divina nos repescaram nesse mar perigoso; de qual Caribde devorante elas nos retiraram, apesar de nós, do naufrágio! Podemos muito bem exclamar um e outro: "O Senhor se inquieta por mim." Pensa, pensa ainda, nos perigos que nos cercavam e dos quais o Senhor nos fez sair. Não deixes de render graças, comemorando tudo o que ele fez por nossas almas. Consola, pelo nosso exemplo, os pecadores que desesperam de sua vontade: eles compreenderão todas as graças que ele concede àqueles que a invocam e a pedem, vendo os benefícios de que ela cumula pecadores endurecidos. Considera os misteriosos desígnios que a divina Providência realizou em nós; com que misericórdia o Senhor fez de sua obra justiceira um meio de regeneração; com que sabedoria ele se serviu dos próprios maus para mudar em piedade a impiedade, e como um único ferimento, infligido por justiça a meu corpo, curou nossas duas almas.

Compara, ao perigo ocorrido, a forma pela qual nos libertamos. Compara, ao remédio, a doença. Examina o que teriam merecido nossas faltas, e admira os efeitos da bondade divina. Tu sabes a que torpezas minha concupiscência desenfreada havia levado nossos corpos. Nem o pudor, nem o respeito de Deus me arrancavam, mesmo durante a Semana Santa, mesmo no dia das maiores solenidades religiosas, do lamaçal em que eu rolava. Tu recusavas, tu resistias com todas as tuas forças, tu tentavas a persuasão. Mas, aproveitando-me da fraqueza de teu sexo, eu forcei mais de uma vez teu consentimento, através de ameaças e de golpes. Meu desejo de ti tinha tamanho ardor que esses miseráveis e obscenos prazeres (hoje não ouso mais nem mencioná-los!) passavam para mim à frente de Deus, à frente de mim mesmo. Podia a clemência divina me salvar de outra forma senão mos proibindo para sempre?

A indigna traição cometida por teu tio foi, portanto, um efeito de justiça e de clemência soberanas: diminuído dessa parte do meu corpo que era a sede dos desejos voluptuosos, a causa primeira de toda a concupiscência, pude crescer de todas as outras maneiras. Aquele de meus membros que sozinho pecara expiou na dor seus gozos pecaminosos: não foi tudo justiça? Tirado da abjeção onde eu mergulhava como no lodo, fui circuncidado de corpo e de espírito. Tornei-me assim mais apto ao serviço dos altares, pois que nenhum contágio carnal podia agora me atingir e me manchar. Vê de que clemência fui objeto: não tive que sofrer senão no membro cuja privação serviria à salvação da minha alma; toda mutilação visível, que pudesse me ter prejudicado no desempenho dos meus deveres públicos, me foi poupada. Ao contrário, o exercício de tarefas honestas me foi facilitado, na própria medida em que fui liberto do jugo tão pesado da concupiscência.

A graça divina me purificou, mais do que me mutilou, privando-me de um membro tão vil que a vergonha ligada à sua função lhe vale a apelação de "partes vergonhosas", e que ninguém ousa designar por seu nome. Fez ela outra coisa senão afastar de mim a impureza do vício, a fim de preservar minha inocência espiritual? Conta-se que vários sábios famosos, desejosos de conservar sua pureza interior, levantaram a mão contra si mesmos, apagando assim de sua vida a mancha da concupiscência. O apóstolo, tu o sabes, pediu a Deus que o livrasse desse "aguilhão da carne". Não foi atendido; mas o grande filósofo cristão Orígenes nos dá um exemplo ilustre: para apagar o fogo em que ardia, não temeu mutilar a si mesmo. Ele havia tomado no sentido literal o texto bíblico que declara bem-aventurados os que "se castraram tendo em vista obter o reino dos céus"; não saberia de outra forma, parecia-lhe, cumprir o preceito do Senhor que nos prescreve cortar e rejeitar o membro pelo qual nos vem o escândalo. Interpretava historicamente, e não de forma alegórica, a profecia de Isaías em que se afirma que o Senhor prefere os eunucos aos demais fiéis: "Os eunucos que observarem o sabá e cumprirem minha vontade terão um lugar em minha casa e nas minhas muralhas. Eu lhes darei um nome melhor que o de filhos e filhas. Eu lhes darei um nome eterno, que não perecerá."

Orígenes cometeu entretanto uma falta grave ao buscar, numa mutilação voluntária, o remédio para seu pecado. Animado de um zelo imprudente aos olhos de Deus, incorreu na acusação de homicídio, levantando a mão sobre seu próprio corpo. Cedeu a uma tentação diabólica e cometeu um erro insigne, ao executar por ele mesmo o que a bondade divina fez executar sobre mim pela mão de outro.

Longe de desmerecer, evito toda falta. Mereço a morte, e Deus me dá a vida, ele me chama, eu resisto, persisto em meu crime; ele me leva ao perdão apesar de mim. O apóstolo ora e não é atendido. Insiste, e nada obtém. Verdadeiramente, "o Senhor se inquieta por mim!" Irei assim por toda parte contar "as maravilhas que Deus fez por minha alma". Vem, então, ó minha inseparável companheira, unir-te à minha ação de graças, tu que participaste da minha falta e do meu perdão.

Pois Deus não se esqueceu de te salvar também. Ele não deixou de pensar em ti. Por uma espécie de santo presságio, designou-te desde sempre como devendo ser sua, marcando-te a ti, Heloísa, com seu próprio nome de Heloim! Enquanto o demônio se esforçava para nos perder a ambos através de um só de nós, sua clemência decretou que nossa salvação comum seria também operada por um só. Pouco tempo antes do atentado, o indissolúvel sacramento do casamento nos havia unido. À hora mesma em que, perdido de amor, eu aspirava a te reter para sempre junto a mim, Deus aproveitou essa ocasião para nos reconduzir juntos a ele. Se o laço conjugal não nos tivesse prendido precedentemente, os conselhos dos teus parentes e o atrativo das volúpias carnais te teriam, depois do meu recolhimento, retido no século. Pensa a que ponto Deus tomou conta de nós: parece ter-nos reservado para alguma grande obra, e ter-se dolorosamente indignado de ver os tesouros de ciência, que nos havia confiado a um e a outro, explorados de outra forma que não para honrar seu nome. Ele parece ter receado as paixões por demais violentas do seu desprezível servidor, segundo está escrito: "As mulheres fazem apostasiar mesmo os sábios." Salomão, o Sábio dos sábios, é a prova viva dessa verdade.

O tesouro da tua sabedoria frutifica todos os dias com abundância para o Senhor: tu Lhe deste já numerosas filhas espirituais, enquanto eu permaneço estéril, penando em vão entre filhos de perdição! Que perda deplorável, que infelicidade lamentável se, entregue às imundícies do prazer, não fizesses senão dar ao mundo, em meio à dor, alguns filhos, em lugar desta rica família que, na alegria, apresentas ao céu; se não fosses senão uma mulher em lugar de passar à frente, como o fazes hoje, dos próprios homens, tendo, da maldição de Eva, tirado a bênção de Maria! Que indecência, se tuas mãos consagradas, ocupadas agora em folhear os livros santos, estivessem reduzidas aos vulgares trabalhos femininos! O próprio Deus se dignou nos tirar desses contatos infamantes, nos arrancar do atoleiro das volúpias, e nos elevar a ele pelo mesmo tipo de violência de que usou com

São Paulo para o converter. Talvez ele tenha desejado que nosso exemplo tirasse de uma ciência presunçosa a multidão dos letrados.

Não te aflijas, portanto, minha irmã, por esse golpe, eu te imploro. Não alimentes amargor para com o pai que nos castiga tão paternalmente. Pensa nessas palavras da Escritura: "Deus corrige aqueles que ama. Ele castiga todos aqueles que adota como filhos." E em outra parte: "Quem poupa a vara não ama seu filho." Essa pena é passageira, não eterna. Ela tende a purificar, não a danar. Escuta o profeta e toma coragem: "O Senhor não julgará duas vezes uma mesma falta, e o castigo não se repetirá." Medita essa exortação suprema e tão grave da Verdade: "Na paciência, possuireis vossa alma." De onde essa máxima de Salomão: "O homem paciente vale mais do que o homem forte, e aquele que domina sua alma mais do que aquele que toma cidades."

Não ficas comovida até as lágrimas, penetrada de compunção, ao pensar que o Filho único de Deus, malgrado sua inocência, foi, por ti mesma e pelo mundo, preso pelos ímpios, arrastado, flagelado, insultado, o rosto encoberto, esbofeteado, coberto de cuspe, coroado de espinhos, suspenso enfim entre dois ladrões no patíbulo ignominioso da cruz, e entregue à morte mais horrível, a mais execrável? Que teus olhos, que teu coração, não cessem de contemplar nele, minha irmã, teu único Esposo e o de toda a Igreja. Olha-o, que avança, por ti, para o suplício, carregando sua própria cruz. Mistura-te ao povo, às mulheres que choram e se lamentam sobre sua sorte, como conta São Lucas: "Uma grande multidão o seguia, e mulheres que o choravam, gemendo." Voltando-se para elas, cheio de compaixão, ele lhes anunciou a vingança que, em breve, seria tirada de sua morte, mas à qual elas próprias escapariam seguindo sabiamente esse conselho: "Filhas de Jerusalém, não choreis por mim, mas por vós mesmas e por vossos filhos! Vem o dia, com efeito, em que se dirá: felizes as estéreis; felizes os ventres que não deram à luz e os seios que não amamentaram! Então, se dirá às montanhas: tombai sobre nós; e às colinas: recobri-nos. Pois se se age assim para com a madeira verde, que se fará do lenho seco?"

Compadece-te daquele que, voluntariamente, sofreu para te resgatar; que sua cruz seja a causa de tua dor. Permanece em espírito perto do seu sepulcro, e compartilha o luto e as lamentações das mulheres fiéis, de quem, como eu te lembrava, está escrito: "As mulheres sentadas diante do túmulo se lamentavam e choravam o Senhor." Prepara com elas os bálsamos do embalsamamento, mas bálsamos melhores, espirituais, e não materiais, pois são esses que ele exige hoje, não mais os outros. Que toda tua piedade se concentre nesse dever.

O próprio Deus nos convida a cultivar tais sentimentos, quando, dirigindo-se a seus fiéis, lhes diz pela boca de Jeremias: "Ó todos vós que passais pelo caminho, considerai, e vede se há dor semelhante à minha dor." Quer dizer: pode-se apiedar-se de outro sofrimento que o meu quando, único livre de todo pecado, expio os pecados do mundo? Ora, o Cristo é o caminho pelo qual os fiéis, voltando do exílio, readquirem sua pátria. Ele mesmo elevou por nós, como uma escada, a cruz do alto da qual ele nos lança esse apelo. Esse Filho único de Deus, tendo se oferecido livremente, morreu por ti. É somente sobre ele que é preciso te lamentar e gemer, gemer e te lamentar. Cumpre a palavra de Zacarias, invocando as almas devotas: "Elas chorarão como à morte de um filho único, e se lamentarão sobre ele como se faz sobre a morte de um primogênito."

Considera, minha irmã, a aflição dos súditos fiéis de um rei, quando este perde seu filho único, seu primogênito; considera a dor da família, a tristeza da corte inteira; e mais ainda os soluços intoleráveis, dilacerantes da esposa do defunto. Tal deve ser tua aflição, minha irmã, tais devem ser teus soluços, tu que um casamento bem-aventurado unia a esse Esposo divino. Ele pagou teu dote, não a preço de dinheiro, mas ao preço dele mesmo. Com seu próprio sangue, ele te comprou e resgatou. Vê os direitos que ele tem sobre ti, e quanto tu lhe és preciosa.

O apóstolo, pensando no preço da nossa redenção, e comparando-o ao valor real daqueles por quem ele foi oferecido, mede nossa dívida de gratidão: "Longe de mim", diz ele, "a idéia de me glorificar de outra forma que na cruz de Nosso Senhor Jesus Cristo, por quem o mundo foi crucificado para mim, e eu para o mundo."

Tu és maior que o céu, maior que o mundo, tu de quem o Criador do mundo se fez o resgate. O que viu ele então em ti, eu te pergunto, ele a quem nada falta, para que, com o único fim de te conquistar, ele tenha lutado até a agonia de uma morte tão horrível e ignominiosa? Que outra coisa procurou em ti, digo eu, senão a ti mesma? É ele o amante verdadeiro, que só deseja a ti, e não aquilo que te pertence; o amante verdadeiro que, no momento de morrer por ti declarou: "Não há amor maior que dar sua vida por aqueles que se ama." É ele que te amava verdadeiramente, e não eu. Meu amor, que nos arrastou a ambos no pecado, chamemo-lo de concupiscência, não de amor. Eu aliviava em ti minhas miseráveis paixões: eis tudo que eu amava! Sofri, tu dizes, por ti. Talvez seja verdade. Mas seria mais justo dizer que sofri por ti, contra minha vontade. Não por amor por ti, mas por constrangimento. Não por tua salvação, mas por tua dor. Foi por tua salvação, ao contrário, que o Cristo voluntariamente sofreu essa paixão pela qual ele cura em nós todo langor e reprime todo sofrimento. Leva a ele, eu te suplico, e não a mim, toda tua piedade, toda tua compaixão, toda tua dor. Deplora a iniqüidade tão cruel cometida para com sua inocência, e não a justa vingança que me atingiu e foi para ambos, eu o repito, a maior das graças.

Tu és injusta de não amar a eqüidade; mais injusta ainda de te opor cientemente à vontade benfazeja de Deus. Chora teu Salvador, e não teu corruptor; teu Redentor, e não o autor de tua· mancha; o Senhor morto por ti, não seu servidor sempre vivo e que mal escapa da morte eterna! Acautela-te, eu te peço, para que não se possa aplicar a ti, para tua maior vergonha, os versos que Pompeu, em sua aflição, diz a Cornélia:

Depois da batalha, o Grande Pompeu ainda vive
Mas sua fortuna pereceu: o que tu choras, então é isso que amavas!

Pensa nisso, eu te suplico. Tu te cobririas de ignomínia recusando condenar a impudência de nossas antigas torpezas! Suporta, portanto, minha irmã, suporta pacientemente, sou eu que to peço, os efeitos da misericórdia divina sobre nós. Foi a vergasta de um pai que nos atingiu, não a espada de um carrasco. Um pai castiga para corrigir, temendo que um inimigo irritado venha infligir a morte. Ele fere para salvar a vida, não para a tirar; ele corta com o ferro os germes do mal. Fere o corpo e cura a alma. Deveria dar a morte, ele vivifica. Corta as carnes atingidas, e devolve a saúde ao organismo. Ele pune uma vez para não ter que punir sempre. Um único ser sofre desse ferimento, e dois são arrancados à morte. Havia dois culpados, um único é punido. A bondade divina teve piedade da fraqueza do teu sexo, e, até certo ponto, isso também é justo. Com efeito, a natureza que te criou mais débil fisicamente te armou melhor contra a incontinência, e tua culpabilidade era menor. Rendo graças ao Senhor que te libertou então da pena e te reservou para a coroa. Uma única dor, infligida a meu corpo, esfriou de um golpe todos os ardores concupiscentes em que eu ardia imoderadamente, e me preservou de toda recaída. Quanto a ti, cuja juventude foi assaltada pelas sugestões apaixonadas da carne, foste reservada à glória dos mártires. Tu te recusas a entender essa verdade; tu me proíbes de o enunciar; ela não o é menos manifesta. A coroa destina-se àquele que combate sem trégua, e ninguém que não tenha "lutado até o fim" a receberá.

Quanto a mim, nenhuma coroa me espera, pois não tenho mais combate a sustentar. A quem se retirou o aguilhão da concupiscência falta o elemento do combate. Não obstante, se não tenho coroa a receber, tenho por grande privilégio poder evitar o castigo, pois que um sofrimento passageiro me terá sem dúvida preservado das penas eternas. Com efeito, homens que, semelhantes a bestas, se abandonam à sua miserável vida sensual, está escrito que "os animais apodrecem sobre sua imundície".

Não me queixo de que meus méritos tenham diminuído, bem sabendo que os teus aumentam. Somos um no Cristo, uma única carne pela lei do casamento. Nada do que te diz respeito me parece estranho. Ora, o Cristo te pertence, pois que te tornaste sua esposa. E eis que tu me tens por servidor, como te disse mais acima, eu que outrora tu tinhas por teu senhor. Mas um amor espiritual mais que o temor me prende a teu serviço. Teu patronato junto ao Cristo me dá a confiança de obter por tua prece aquilo que não posso obter pela minha, hoje sobretudo que a iminência do perigo, e de perturbações de todo tipo, me impedem de viver e de orar livremente. Torna-se-me impossível imitar esse bem-aventurado eunuco que, personagem poderoso na corte de Candace, rainha da Etiópia, e encarregado de seus tesouros, veio de tão longe adorar em Jerusalém. Ao voltar, um anjo lhe enviou o apóstolo Filipe para convertê-lo à fé, como ele havia merecido por sua oração e por sua assiduidade em ler a Escritura. Embora rico e pagão, ele evitou mesmo durante a viagem abandonar essa santa ocupação, e a graça divina permitiu benfazejamente que bem na passagem do Livro que ele tinha sob os olhos desse ao apóstolo a oportunidade mais favorável de operar sua conversão.

Eu desejaria que nada te impedisse ainda de acolher meu pedido, ou te fizesse diferir de o satisfazer. Também compus rapidamente uma oração que recitarás em minha intenção. Eu ta envio juntamente.

Oração

"Deus, que desde a origem da criação, tirando a mulher de um lado do homem, instituíste o grande sacramento do casamento, depois o elevaste a uma dignidade admirável, nascendo de uma mulher casada e inaugurando por ocasião de uma festa nupcial a série de teus milagres; tu, que, à fragilidade de minha incontinência, te prouve outrora me conceder esse remédio, não rejeites as preces que tua pequena serva espalha humildemente diante da tua divina majestade, por seus próprios pecados e pelos de seu bem-amado.

"Perdoa, ó bom Deus, ó própria bondade; perdoa-nos tantos crimes tão grandes, e que a imensidão de tua misericórdia inefável se meça pela multidão de nossas faltas. Pune, eu te suplico, os culpados nesse mundo, a fim de poupá-los no outro. Pune-os no tempo, a fim de não os punir na eternidade. Toma contra teus servidores a vara da correção, não a espada da cólera. Aflige a carne para conservar as almas. Mostra-te pacificador, não vingativo; misericordioso mais do que justo; pai benevolente, e não senhor severo.

"Experimenta-nos, Senhor, e tenta-nos, como o pede o profeta para si próprio, quando te ora mais ou menos nesses termos: 'Começa por examinar nossas forças, e mede segundo elas o fardo das tentações.' " É o que São Paulo promete a teus fiéis, quando por sua vez escreve: 'O Deus todo-poderoso não permitirá que sejais tentados além de vossas forças, mas ele aumentará estas ao mesmo tempo que a tentação, a fim de que vós possais suportá-la.'

"Tu nos uniste, depois separaste, ó Senhor, quando te aprouve e da maneira que te aprouve. O que tua misericórdia, Senhor, assim começou, termina-o agora com mais misericórdia ainda; e aqueles que tu, por pouco tempo, separaste sobre a Terra, uni-os em ti na eternidade do céu, tu, nossa esperança, nosso consolo, Senhor bendito em todos os séculos. Amém."

Saudação no Cristo, esposa do Cristo. No Cristo, sê forte. Vive para o Cristo. Amém.

Bibliografia

Escritos de Abelardo e de Heloísa

Cousin, V., *Ouvrages inédits d'Abelard*, Paris, 1836.
— *Petri Abaelardi Opera*, 2 vol., Paris, 1849 e 1859. A presente tradução foi feita sobre esse texto.
De Gandillac, M., *Oeuvres choisies d'Abélard*, Paris, Aubier-Montaigne, 1945.
Gervaise, D., *Lettres véritables d'Héloise et d'Abelard*, Paris, Musier, 1723.
Greard, O, *Lettres complètes d'Abelard et d'Héloise*, Paris, 1859, depois Garnier, 1934.
Guizot, M. et Mme, *Abailard et Héloise*, textos traduzidos sobre os manuscritos da Biblioteca Real por M. Oddoul, Paris, Didier, 1853.
Migne, *Patrologia Latina*, tomo 178, Paris.
Monfrin, J., *Historia Calamitatum*, Paris, J. Vrin, terceira edição, 1967.
Vecchi, *Pietro Abelardo: I planctus*, Módena, 1951.

Escritos sobre Abelardo e Heloísa

Charrier, Ch., *Héloise dans l'histoire et dans la légende*, Paris, H. Champion, 1933. Reimpressão: Genebra, Slatkine, 1977.
— *Jean de Meun*, tradução da primeira epístola de Pierre Abélard (*Historia Calamitatum*), Paris, H. Champion, 1934.
Gilson, E., *Héloïse et Abélard*, Paris, J. Vrin, 3.ª edição remanejada, 1964.
— *Dix variations sur un thème d'Héloïse*, "Arch. d'hist. doctr. et litt. du Moyen Age", Paris, J. Vrin, 1939.

Jeaudet, Y., *Heloïse*, Rencontre, 1966.
Jolivet, J., *Abélard*, Paris, Seghers, 1969.
De Lamartine, A., *Heloïse et Abélard*, Paris, 1859.
Louis, R., Jolivet, J., e Châtillon, J., *Pierre Abélard, Pierre le Vénérable*, Paris, C. N. R. S., 1975.
Mac Leod, J., *Héloïse*, Paris, Gallimard, 1941.
Von Moos, P., *Mittelalterliche Forschung una Ideologiekritik*, Munique, Fink, 1974.
Pernoud, R., *Héloïse et Abélard*, Paris, Albin Michel, 1970.
Plisnier, C., *Héloïse*, Paris, Buchet-Chastel, 1952.
De Rémusat, Ch., *Abélard, sa vie, sa philosophie et sa théologie*, Paris, 1855.
Vaillant, R., *Héloïse et Abélard*, Paris, Buchet-Chastel, 1947.
Zumthor, P., *Héloïse et Abélard*, "Revue des Sciences Humaines" (90), 1958.

Cromosete
Gráfica e editora ltda.

Impressão e acabamento.
Rua Uhland, 307 - Vila Ema
03283-000 - São Paulo - SP
Tel./Fax: (011) 6104-1176
Email: cromosete@uol.com.br